www.mayabook.co.kr

www.mayabook.co.kr

절대자의
게임

절대자의 게임 ⑫

지은이 | 설화객잔·화운(話云)
펴낸이 | 권순남
펴낸곳 | (주)마야·마루출판사

등록 | 2008. 1. 7(제310-2008-00001호)

초판 인쇄 | 2016. 6. 9
초판 발행 | 2016. 6. 13

주소 | 서울시 노원구 상계1동 1049-25 신영산업 BD 602호
대표전화 | 02-2091-0291
팩스 | 02-2091-0290
이메일 | marubooks@hanmail.net

ISBN | 978-89-280-6389-5(세트) / 978-89-280-7081-7
정가 | 8,000원

잘못된 책은 교환하여 드립니다.
저자와 협의하여 인지를 붙이지 않습니다.

「이 도서의 국립중앙도서관 출판시도서목록(CIP)은 서지정보유통지원시스템 홈페이지(http://seoji.nl.go.kr)와 국가자료공동목록시스템(http://www.nl.go.kr/kolisnet)에서 이용하실 수 있습니다.」
(CIP제어번호:CIP2016014041)

절대자의 게임

MAYA & MARU FUSION FANTASY STORY
설화객잔-화운(話云) 퓨전 판타지 장편소설

12

▲목차▲

제1장. 시계 …007

제2장. 북부 …039

제3장. 창고 …073

제4장. 자료 …105

제5장. 르이벤 …137

제6장. 수인족 마을 …169

제7장. 악마의 심장 …201

제8장. 아메 카이드만 …231

제9장. 멜탄스 …265

제10장. 두 번째 퀘스트 …299

절대자의 게임

제1장

시계

타닥-

이민준은 순식간에 사고 현장에 도착했다. 빠르게 주변을 확인했다.

"세상에!"

현장은 말 그대로 아수라장이었다.

치이이이! 차아아-

트럭은 승합차의 옆구리를 정확하게 들이받았다.

그 때문이었는지 승합차는 마치 캔 깡통의 가운데를 발로 밟은 듯 흉측하게 일그러져 있었다.

'이호범은 살아 있는 건가?'

제일 먼저 든 생각이었다.

그럴 정도로 끔찍한 사고였으니까.

"끄으으으!"

이걸 다행이라고 해야 할까?

승합차 안에서 힘겨운 신음이 들려왔다.

확인하지 않아도 저 신음의 주인이 이호범인 건 알 것 같았다.

"호범아! 야! 이호범!"

부리나케 뛰어온 마정출은 열리지 않는 승합차의 문을 열기 위해 안간힘을 쓰고 있었다.

"이런 씨! 여보세요? 119죠?"

그리고 박군두는 빠르게 주변을 둘러보며 119에 신고를 했다.

두 사람의 얼굴이 모두 시뻘겋게 변한 걸 보니 상당히 흥분한 상태인 것 같았다.

왜 아닐까?

어제 이호범을 만나 잠시 얼굴을 익힌 정도인 이민준도 이번 사고를 보고는 속이 뒤집힐 것처럼 화가 나는데 말이다.

그럴 정도로 처참한 사고 현장이었다.

'이 망할 자식!'

이민준은 두 번 생각하지 않았다.

철컥-

트럭으로 다가가 문을 열었다.

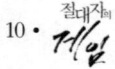

탁-

발판을 밟고 트럭 위로 올라서자 운전대를 붙잡은 채로 부들부들 떨고 있는 운전사가 보였다.

"으으으! 무슨 일입니까? 쿨럭! 사고가 난 겁니까?"

이민준을 보자 사내가 놀란 눈으로 한 말이었다.

트럭 운전석에 앉아서 피를 흘리고 있는 사내는 대략 40살쯤 되어 보이는 중년 사내였다.

그런데 목소리가?

"지금 뭐라고 그랬습니까?"

"예? 뭐가요?"

그래. 이 사람은 목소리가 아니다.

쇠를 긁는 듯 거슬리는 목소리는 분명 기억하고 있었으니까.

'또 대리인을 고용한 건가?'

그렇게 생각할 때였다.

가만히 서 있는 이민준이 무서웠던지 트럭 운전사가 더듬거리며 말했다.

"고, 고의가 아니었습니다. 이, 이건 브, 브레이크가 고장 나서 그런 겁니다."

뭐? 브레이크가 고장이 나? 지금 그걸 변명이라고 하는 거야?

와락-

시계 • 11

이민준은 사내의 멱살을 움켜잡으며 소리쳤다.

"누구야? 누가 시켰어? 어? 어떤 새끼냐고!"

움찔-

제대로 겁을 집어먹었는지 사내가 눈을 동그랗게 뜨며 쳐다봤다.

운전사는 다친 곳이라고 해 봐야 고작 머리가 조금 찢어진 것뿐이었다.

충돌하면서 핸들에 머리를 부딪쳤겠지.

그런데…….

이민준은 운전자의 복장을 확인했다.

따뜻한 날씨였음에도 불구하고 사내는 두툼한 옷을 입고 있었다.

잔뜩 부풀어 오른 점퍼.

더군다나 점퍼 안에 솜뭉치라도 잔뜩 눌러 놓았는지 상체가 부자연스럽게 커져 있었다.

이런 날씨에 이렇게나 두툼한 옷을 입고 있다고?

그렇다는 건 처음부터 마음먹고 사고를 내려 했다는 뜻이기도 할 거다.

"이 사람이?"

이민준이 자신의 옷과 얼굴을 번갈아 가며 쳐다보자 운전사가 금세 겁을 먹은 얼굴로 눈치를 봤다.

어디야? 어디를 보고 있는 거야?

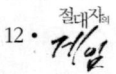

이민준은 감각적으로 사내의 시선을 감지했다.

아파트.

여기서 얼마 떨어지지 않은 아파트다.

거기 숨은 거냐?

"흡!"

이민준이 아파트 쪽을 노려보자 운전사가 숨을 집어삼키며 손으로 자신의 입을 가렸다.

이건 사람들이 구린 구석을 걸렸을 때나 보이는 행동이었다.

거기란 말이지?

탁-

이민준은 빠르게 트럭에서 뛰어내렸다. 그러고는 트럭 운전사가 쳐다본 아파트를 봤다.

대략 15~20층 정도 되어 보이는 아파트였다.

날이 어두웠기에 보통 사람이라면 아파트의 형체만 대충 분간할 정도의 거리였지만 이민준은 보통 사람이 아니다.

'너냐?'

이민준은 아파트의 옥상에서 커다란 망원경을 들고 서 있는 사내를 노려봤다.

그냥 망원경이 아니다.

뒤쪽에 카메라가 달린, 아마도 멀리 있는 피사체도 가깝게 찍을 수 있는 망원렌즈가 달린 카메라를 들고 있는 것 같왔다.

저걸로 이쪽 상황을 모두 찍고 있는 걸 거다.

'이 죽일 놈이!'

이민준은 그제야 번뜩이는 생각이 들었다.

아파트 위에서 이곳을 주시하고 있는 놈은 분명 목소리가 맞을 것이다.

놈은 트럭 운전사를 시켜서 사고를 일으킨 후, 이곳 반응을 지켜보려 했을 거다.

벌집을 쑤셔라. 그러면 얼마나 많은 벌이 벌집에 있는지 알 수 있으니까.

놈이 노린 게 바로 이걸 거다.

아득!

이민준은 어금니를 꽉 깨물었다.

목소리는 안전한 곳에서 몇 마리의 벌이 날아다니는지를 확인하고 있는 거다.

그래야 적의 숫자를 파악하고 대응할 수 있을 테니 말이다.

그래? 그렇게 믿고 있다, 그거지?

타닥-

이민준은 빠르게 승합차로 다가가며 소리쳤다.

"박군두 씨, 트럭 운전사가 도망가지 못하게 잡아 두세요."

"알겠습니다."

그다음은 마정출에게 물었다.

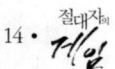

"이호범 씨는 괜찮습니까?"

"아, 아직은 모르겠습니다. 다리가 좌석에 꼈어요. 다행히 보조석에 앉아 있어서 직접적인 충격은 피했지만, 자세한 건 병원에 가 봐야 알 것 같습니다."

"후후! 이 정도로 안 죽습니다. 끄윽! 운전기사, 운전기사는 잡았습니까?"

천만다행이었던지 이호범은 정신을 차리고 있었다.

의자가 밀려 이호범의 다리가 앞쪽에 낀 것을 빼고는 그렇게 크게 다친 것처럼 보이지도 않았다.

이민준은 놀란 가슴을 쓸어내리며 말했다.

"네. 박군두 씨에게 부탁했습니다. 정말 괜찮겠어요?"

"이 정도야… 쿨럭! 끄떡없습니다. 근데 이 대표님이 찾던 사람이 운전사가 맞습니까?"

"아니요. 하지만 놈이 어디 있는지는 압니다."

"그렇다면 지금 뭐합니까? 끅! 마정철! 박군두 데리고 어서 그놈을 잡아!"

"아, 알았어!"

이호범의 말에 마정철이 고개를 끄덕였다.

'이러면 안 되지!'

여기서 낭비할 시간은 없었다.

아파트까지 가야 하니까.

더군다나 걸음이 느린 마정철과 박군두를 데리고 가는 건 더 무리가 있었다.

"아니요. 그건 제가 알아서 하겠습니다. 일단은 여기 계세요."

"하, 하지만 이 대표님."

"설명은 나중에 하겠습니다."

이민준은 이호범과 눈을 마주했다. 죽지 말고 잘 버티고 있으라는 의미였다.

그 뜻을 알았는지 이호범이 고개를 끄덕여 주었다.

그럼 됐다.

타닥-

이민준은 얼이 빠진 듯한 얼굴의 일행을 뒤로하고는 빠르게 달렸다.

우선은 사람이 보이지 않는 곳으로.

그러고는,

후우욱-

순간 속도를 높였다.

목소리.

네놈이 아무리 빨리 준비해서 도망쳐도 나보단 빠르지 못할 거다.

속도를 더욱 끌어 올렸다.

화으윽!

그러자 순간 세상이 정지한 듯 보였다.

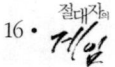

육체 능력이 향상되어 얻게 된 엄청난 스피드다.

타다다닥-

이민준은 슬로비디오처럼 움직이는 사람과 자동차 틈을 빠르게 헤쳐 나갔다.

'금방이다!'

조금 멀리 떨어져 있던 아파트였지만 그곳에 다다르는 데는 고작해야 2분도 걸리지 않았다.

타다닥-

짧게 발을 굴러 자리에 섰다.

하늘을 향해 높게 솟은 아파트가 코앞이었다.

이민준은 서둘러 주변을 둘러보았다. 분명히 이 아파트 옥상에 목소리가 있을 거다.

기다려라! 내가 올라간다!

타닥-

후으윽!

이민준은 속도를 최대로 올리며 아파트의 계단을 뛰어 올라갔다.

쾅- 콰당-

옥상 문을 발로 박차자 문이 떨어질 것처럼 강하게 열렸다.

타닥-

이민준은 그와 동시에 옥상으로 뛰어들었다.

흠칫-

난간 쪽에 서서 사진을 찍고 있던 사내가 화들짝 놀라며 뒤를 돌아보았다.

사내는 검은색 모자에 검은색 마스크를 쓰고 있었다. 하지만 그럼에도 이민준은 녀석이 익숙하다고 생각했다.

"네가 여길 어떻게?"

이민준의 얼굴을 확인한 놈이 놀랐다는 듯 물었다.

'이 자식!'

이민준은 놈의 목소리를 듣는 순간 직감했다.

찾았다! 목소리!

꽈득-

이민준은 주먹을 굳게 쥔 채로 목소리를 노려보며 말했다.

"네놈을 꼭 잡고 싶었다! 이 살인마 자식아!"

턱-

카메라를 내려놓은 목소리가 조심스러운 발걸음을 옮기며 손을 품 안에 넣었다.

그러고는,

챙-

날카로운 사냥용 단검을 꺼내 들었다.

'음?'

목소리가 꺼내 든 단검은 일반적인 단검과는 다른 모양이었다. 마치 영화 속 특수부대 군인들이나 사용할 것 같은 날

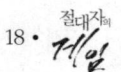

카로운 단검이었는데, 특이한 건 단검의 등 쪽이 톱니바퀴처럼 삐쭉삐쭉 파여 있다는 거다.

그리고 저건 상대에게 치명상을 입히기 위한 장치일 것이다.

'개자식!'

놈의 잔인한 무기를 보고 나니 더욱 화가 치밀어 올랐다.

빠득-

어금니를 깨물었다.

흥분해선 안 된다.

이민준은 가볍게 몸을 털었다.

싸우고 싶다면 말리지는 않을 거다.

목소리가 이민준과 거리를 둔 채로 말했다.

"일을 꾸민 놈이 널 거라고는 예상했지. 추필진을 이용하다니 머리가 좋아."

목소리가 목을 좌우로 돌리며 여유를 부렸다.

놈이 듣기 싫은 목소리로 말을 이었다.

"대체 무슨 속셈이지? 뭘 알고 있는 거야? 아니, 누가 알려주기라도 한 건가?"

"흥."

이민준은 코웃음을 쳤다.

자신이 있었다면 먼저 덤벼들었을 거다. 하지만 목소리도 쉽게 이민준의 빈틈을 찾지 못하고 있는지 전문가답지 않게 입을 털고 있었다.

　의아하겠지.

　일반인이라고 알고 있던 이민준이 마치 프로 암살자처럼 빈틈이 없으니 말이다.

　그거 알아? 내가 게임 속에서 죽을 고비를 넘겨 가며 전투 기술을 배운 걸?

　더 이상 시간을 끄는 건 무의미했다.

　슉-

　이민준은 놈이 살짝 자세를 바꾸는 사이 빠르게 돌진했다.

　"음?"

　목소리가 눈을 크게 뜨는 순간이었다.

　팍!

　이민준은 주먹을 들어 그대로 놈의 얼굴에 박아 넣었다.

　"크읍!"

　쿠당!

　목소리가 뒤로 벌렁 자빠졌다.

　힘은 조절한 거다. 그렇지 않았다면 놈의 안면이 함몰되었을 테니까.

　목소리가 한 방에 죽는 건 곤란하다.

　하지만 그렇다고 해도 때리는 강도가 약하진 않았다.

　"커흑!"

　바닥에 자빠지며 뒹군 덕에 목소리의 모자와 마스크가 벗겨지고 말았다.
 코에서 흐른 피 때문에 얼굴이 엉망으로 보였다.
 타악-
 목소리는 전문 청부업자답게 빠르게 자리에서 일어났다.
 주춤주춤-
 하지만 놈은 술에 취한 사람처럼 비틀거리고 말았다.
 그만큼 강하게 얼굴을 얻어맞은 거다.
 이민준의 주먹이라면 쇠망치와도 같은 강도일 테니까.
 정신이 없었을 거다.
 아니, 저렇게 자리에서 일어났다는 것만으로도 대단한 거
긴 했다.
 그래서 뭐?
 쉭-
 놈이 자세도 잡기 전이었다.
 빡!
 빠르게 달려든 이민준은 다시 한 번 놈의 면상을 후려갈
겼다.
 "푸헉!"
 꽈당!
 목소리가 입에서 피를 뿜으며 뒤로 나자빠졌다.
 "크르르륵."
 바닥에 누운 목소리는 목에서 피가 끓는 소리를 내며 허

둥댔다.
 놈을 보고 있자니 슬픈 눈을 한 아버지의 얼굴이 떠올랐다.
 후욱- 후욱-
 오른손이 뜨겁게 달아올랐다.
 아버지뿐만 아니라 무방비 상태에서 죽은 정일석마저 떠올랐기 때문이다.
 그때였다.
 "어떤… 크륵… 새끼가… 크윽! 알려 준 거야!"
 쉭-
 어둠 속에서 날카로운 단검이 번뜩였다.
 이민준은 짧게 머리를 틀었다.
 쉬악-
 그러자 단검이 허공을 가르며 날아갔다.
 목소리가 단검을 던진 거다.
 목표는 이민준.
 하지만 그걸 쉽게 맞아 줄 만큼 이민준의 육체 능력이 형편없지는 않았다.
 '아직 살 만하다, 이거지?'
 저벅- 저벅-
 목소리에게 다가가며 말했다.
 "무방비인 사람을 함부로 공격하면 그건 치사한 거다."
 턱-

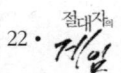

이민준은 한 손으로 놈의 목을 잡고는 자리에서 일으켰다.
"하지만 네놈은 그렇게 했지?"
"크허억!"
발이 허공에 뜬 목소리가 버둥댔다.
"그리고 죄가 없는 사람을 함부로 죽이는 짓! 그것도 치사한 거야!"
꽈득-
이민준은 손에 더욱 힘을 주었다.
둑둑- 둑둑-
놈의 동맥을 통해서 심장의 박동이 전해졌다.
이렇게 잡고 있으니 이놈도 그저 연약한 인간일 뿐이었다.
여기서 손을 한 번 꺾으면 이놈은 죽는 거다.
그렇게 생각하자 손에 힘이 들어갔다.
"크흐윽."
고통이 심했던지 목소리가 발버둥을 쳤다.
순간 갈등이 일었다.
죽일까?
'젠장!'
팍-
이민준은 목소리를 밀었다.
무방비 상태인 사람을 이런 식으로 죽일 수는 없는 거다.
물론 화가 나고, 피가 끓었다.

아버지를 죽인 원수가 눈앞에 있으니까!
하지만 이렇게는 아니다.
이런 식으로 놈을 죽인다는 건 결국 목소리와 같은 인간이 되는 것뿐이다.
이민준은 놈을 노려봤다.
주춤주춤-
목소리는 쓰러질 것처럼 뒤뚱대며 서 있었다.
그러나 넘어지진 않았다. 생각보다 끈질긴 놈이었다.
하지만 뭐?
그렇다고 해도 목소리는 이민준을 공격할 수 없었다.
아니, 놈의 눈빛은 이미 공격을 포기한 것처럼 보였다.
"흐, 흐흐, 흐흐흐."
놈이 피범벅된 얼굴로 웃었다.
뭐지?
"뭐야? 뭐가 그렇게 웃긴 거야?"
"크크크! 쿨럭! 미처 몰랐군! 이민준이라고 했지? 쿠헉! 끄으! 헉헉! 너도, 너도 그들과 한편인 건가?"
"지금 뭐라고 했지?"
순간 심장이 쿵! 하게 울린 이민준은 목소리를 노려보았다.
"흐으! 흐으! 모른 척하는 거야? 크윽! 너도 알고 있잖아?"
목소리가 흐느끼듯 숨을 쉬며 말했다.
얻어맞은 충격이 그만큼 컸을 테니까.

하지만 그럼에도 놈은 피범벅이 된 얼굴에서 웃음기를 지우지 않았다.

대체 뭘 말하고 싶은 거지?

이민준은 순간 D.O.D를 떠올렸다.

목소리는 그들에 관해 이야기하고 있는 것 같았다.

그런데 저놈이 말하는 그들이란 정말 D.O.D와 연관이 있는 자들일까?

아니면 절대자의 게임을 즐겼던 유저들을 말하는 걸까?

이민준은 목소리에게 그걸 물어보려던 참이었다.

'아니지!'

그러다 갑자기 의심이 들었다.

놈의 입에서 나온 말 중 D.O.D나 유저에 관련된 말은 한마디도 없지 않았던가?

단지 그들이란 말만 꺼냈을 뿐이다.

이민준은 고개를 흔들며 물었다.

"네가 알고 있다는 그들이 누군데?"

"흐흐흐! 크윽! 몰라? 정말 몰라서 물어?"

이 새끼가?

이민준은 목소리의 눈을 매섭게 노려보았다.

"이런! 이런! 쿨럭! 꼬맹이가 아무것도 모르고 있나 보군그래. 크윽! 난 또 내가 버림받은 줄 알았잖아?"

일부러 연기하는 건가? 도망갈 틈을 잡으려고?

아니, 그건 불가능한 일이다.

목소리는 이민준의 가공할 만한 속도를 봐서 알고 있을 거다. 어떤 수를 쓰더라도 이민준의 손안에서 벗어날 수 없다는 것을 말이다.

그렇다면 대체 뭔데?

터벅- 터벅-

그렇게 생각하는 사이, 목소리가 발걸음을 옮겼다.

스슥-

그에 맞춰 이민준도 움직였다. 그러자 목소리가 인상을 찡그리며 말했다.

"날 못 나가게 하겠다, 이거지?"

"그래. 넌 여기서 못 나가."

이민준은 주머니에 넣어 두었던 녹음기를 꺼내며 말을 이었다.

"난 여기서 너의 모든 죄를 자백받을 거야. 네가 우리 아버지를 죽인 것과 정일석을 살해한 일, 그리고 그 모든 사건의 배후에 대변이 있다는 자백까지 말이야."

"후후후! 쿨럭! 생각보다 순진한 꼬마군. 큭! 크윽! 내가 그걸 말할 거 같아?"

"순순히는 아니겠지. 하지만 팔다리가 부러지고, 손톱이 뽑혀 보면 상황이 달라지지 않을까?"

"뭐?"

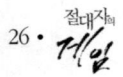

목소리의 표정이 급격하게 어두워졌다. 이민준의 눈빛에서 결연한 의지를 봤기 때문이었다.

저 어린놈이 하는 말은 장난이 아니다.

이민준의 눈.

저건 일반인의 그것과는 완전히 달랐다.

이민준은 계속해서 말했다.

"내가 널 쉽게 놓아주리라고는 생각하지 마라. 내가 느꼈던 고통, 우리 가족이 받았던 아픔을 너에게 고스란히 돌려주고 말 테니까."

자각-

목소리는 버릇처럼 자신의 다리에 힘을 주었다. 쉽게 이 상황을 벗어날 수 없음을 깨달은 것이다.

목소리가 결심했다는 듯 고개를 끄덕이며 말했다.

"너처럼 빠르고 민첩하게 움직이는 사람. 큭! 그런 사람이 이 세상에 너 하나뿐이라고 생각하는 거냐?"

"그럼? 나 말고 또 있다는 말이야?"

"있지. 있고말고. 그런데 넌 모르고 있나 보군. 쿨럭! 쿨럭 쿨럭! 그 능력, 그들이 아니라면 넌 대체 어떻게 얻은 건데? 그냥 운이 좋았던 거야?"

이민준은 순간 멍한 기분이었다.

자신처럼 한계 이상의 육체 능력을 내는 사람.

그런 사람이라면 분명 절대자의 게임에서 능력을 얻은 사람일 거다.

 그렇지 않고서야 어떻게 자신과 같은 능력을 가지고 있단 말인가?

 그런데 저 말이 사실일까?

 "크윽! 쿨럭! 표정을 보니 궁금하긴 한가 보네. 안 그래?"

 이민준의 얼굴을 살핀 목소리가 보기 싫은 미소를 지었다.

 자신이 우위에 섰다고 생각하는 게 분명했다.

 부정할 수 없는 말이었다.

 놈의 말처럼 인간 이상의 능력을 가진 사람들이 정말 있는지를 꼭 알고 싶었다.

 이민준은 마음을 진정시키며 말했다.

 "네가 알고 있는 걸 말해 봐. 그렇다면 조금은 덜 고통스럽게 일을 끝낼 수도 있을 테니까."

 고개를 갸웃한 목소리가 뜻 모를 미소를 지은 다음이었다.

 "흥! 고통 같은 소리 하고 있네. 내가 그딴 말에 겁을 먹을 거 같아?"

 목소리는 꽤나 당당한 척을 하고 있었다.

 하지만 이민준은 목소리가 허풍을 떨고 있다고 믿었다. 그렇지 않고서야 저놈의 눈 밑이 떨릴 리가 없을 테니까.

 고개를 돌려 옥상 바깥쪽을 쳐다본 목소리가 다시금 시선을 돌렸다.

 뭔가 큰 결심을 한 것처럼 보였다.

"후우."
크게 숨을 내뱉은 목소리가 비장한 눈으로 말했다.
"어쨌든 네가 알고 싶어 한다면 알려 주지. 저기 가방 보이지?"
목소리가 난간 근처에 둔 가방을 손으로 가리켰다.
녀석의 카메라가 놓인 가방이었다.
"그들에 대한 자료는 저 가방 안에 있어. 그러니 거길 확인해 보지 그래?"
이민준은 고개를 흔들며 말했다.
"내가 저기로 간 사이 도망이라도 가겠다는 속셈이야?"
"크윽! 후우! 쿨럭쿨럭! 나도 바보는 아니야. 이민준, 네 속도라면 내가 아무리 빨리 도망가도 5초면 붙잡힐 텐데 그런 멍청한 짓을 할 거 같아?"
그건 목소리의 말이 맞았다. 놈은 자신의 처지를 정확하게 알고 있는 게 분명했다.
"좋아."
이민준은 고개를 끄덕였다.
녀석의 가방을 확인한 후에 말을 해도 늦지는 않을 것 같았다.
저벅-
등을 돌려 놈의 가방으로 다가가려던 순간이었다.
타닥- 휙-

뒤에서 놈의 움직임이 느껴졌다.

"어딜!"

휘익-

이민준은 재빠르게 뒤로 돌아섰다.

하지만,

"미, 미친!"

그 짧은 사이 목소리는 망설임도 없이 아파트 난간 밖으로 몸을 던졌다.

무려 20층 높이의 아파트다. 그리고 저 아래라면 인도와 아스팔트가 깔린 주차장이었다.

떨어지면 즉사라는 소리다.

아니나 다를까.

퍼억-

목소리는 머리부터 떨어졌다.

있는 힘껏 도약했는지 녀석이 떨어진 곳은 화단이 아닌 아스팔트였다.

"아!"

끔찍한 장면이었다.

비록 어두운 밤이었지만 향상된 시력 덕분에 흘러내리고 있는 녀석의 붉은 뇌수를 확인할 수 있었다.

즉사다.

'이런!'

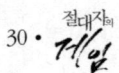

대체 왜?

무엇 때문에 이런 선택을 한 거냐?

이민준은 섬뜩함을 느꼈다.

머릿속에서 여러 가지 생각이 빠르게 흘러갔다.

'여기를 빨리 벗어나야 해!'

그리고 그중 가장 먼저 든 생각은 서둘러 범죄 현장에서 벗어나는 일이었다.

하지만,

'분명 뭔가가 있어.'

이민준은 조금 전 목소리가 떨어지던 장면을 떠올렸다. 그러자 지나간 장면이 비디오처럼 재생되었다.

향상된 뇌의 기능 덕분에 얻게 된 능력이었다.

'그래. 이상한 게 있었다고.'

이민준은 녀석이 떨어지던 장면에 집중했다.

그때였다.

저거다!

목소리는 바닥을 향해 떨어지며 무언가를 멀리 집어 던졌다.

이민준은 목소리가 집어 던진 것이 어디에 떨어졌는지를 확인했다.

'거기군.'

모든 확인이 끝났다.

터덕-

이민준은 놈의 가방과 카메라를 먼저 챙겼다.

그러고는,

타다닥-

빠르게 아파트 계단을 뛰어 내려가 목소리가 던진 물체가 떨어진 곳에 다다랐다.

다행히 어두운 밤이라 밖을 돌아다니는 사람은 없었다.

아직은 목격자가 없다는 뜻이었다.

타닥-

이민준은 서둘러 바닥을 확인했다. 목소리가 집어 던진 물체는 반대편 화단에 떨어져 있었다.

'이건?'

그리고 그건 다름 아닌 목소리가 가지고 다녔던 주머니 시계였다.

탓-

서둘러 시계를 주워 들었다.

여기에 머물렀다가는 자칫 목소리 살해범으로 지목받을 수 있을 테니까.

후으윽-

이민준은 빠르게 속도를 높여서 아파트를 빠져나갔다.

타닥-

사고 현장에 가까이 와서는 속도를 줄였다.

웅성웅성-

추필진의 집 근처에는 경찰차와 소방차, 그리고 구급차가 몰려 있었다.

저벅- 저벅-

숨을 고른 이민준은 태연한 척을 하며 구급차 쪽으로 다가갔다.

"아! 이 대표님!"

이민준을 가장 먼저 발견한 사람은 박군두였다.

"이호범 씨는 괜찮습니까?"

"저 아직 안 죽었습니다."

이호범의 목소리가 들린 곳은 다름 아닌 구급차 안이었다.

척-

이민준은 구급차로 다가가 이호범의 상태를 확인했다.

그는 목 보호대를 찬 상태로 오른쪽 다리에 부목을 대고 있었다.

"괜찮습니까?"

"뭐, 이 직업 가지고 있다 보면 자주 부러지고 그럽니다."

"자랑이다."

"호호!"

마정출의 말에 이호범이 장난스러운 얼굴로 웃었다.

확실히 마음에 드는 사람들이었다.

"참!"

뭔가가 떠올랐는지 이호범이 물었다.

"어떻게 됐습니까?"

이민준은 주변을 둘러보았다.

그런 이민준의 표정을 살핀 이호범이 억지로 자리에서 일어났다.

"무리하지 마세요."

"일이 끝난 게 아니지 않습니까? 으차!"

이호범이 구급차에서 내리자 마정출이 거들었다.

직업정신 하나만큼은 대단한 사람이었다.

"일단 조용한 곳으로 가시죠."

이민준과 일행은 주변에 사람이 없는 곳으로 이동했다.

마정출과 박군두는 주변을 차단하기 위해 조금 떨어진 곳으로 갔고, 이민준과 이호범 두 사람만이 남은 상태였다.

"말씀해 보세요. 목소리는 어떻게 되었습니까?"

이민준은 잠시 이호범을 쳐다봤다.

말해 줘도 괜찮은 걸까?

말을 하기에 앞서서 그런 걱정이 먼저 들었다.

아무리 믿을 만한 사람이라고 해도 자칫하다간 살인 사건에 연루될 수 있는 일이다.

그런 이민준의 걱정을 알고 있는지 이호범이 먼저 말했다.

"우리가 만난 지 얼마 되지 않은 건 알고 있습니다. 이 대표님 입장에선 비밀스러운 이야기가 오고 가는 게 부담스러울 겁니다."

이호범이 강단 있는 눈빛으로 이민준의 눈을 쳐다보며 말을 이었다.

"하지만 이거 하나만큼은 말씀드리고 싶군요. 저희는 프롭니다. 이 대표님이 우리 고객인 만큼 절대 위험하게 만들거나, 부담을 갖게 하진 않습니다."

이민준은 이호범의 눈에 담긴 진심과 결의를 확인할 수 있었다.

그래. 이번 일을 안전하게 매듭지으려면 이들을 믿어야 한다.

결심을 굳혔다.

"후우."

크게 숨을 내뱉은 이민준은 아파트에서 만난 목소리에 관해서 이야기해 주었다.

물론 문제가 될 만한 이야기는 모두 뺐다.

자신이 특수한 능력을 가지고 있다거나, 목소리가 움직임이 빠른 사람들에 대해 알고 있다는 이야기 같은 것들 말이다.

상식 밖의 이야기는 도움이 되지 않으니까.

이민준은 목소리를 만나서 싸우게 되었고, 상황이 이상하게 돌아 목소리가 아파트에서 뛰어내렸다는 것만 말했다.

"흐음."
 이야기가 끝나자 이호범이 심각한 표정을 지었다.
 뭔가 빠르게 생각하는 중일 거다.
 이호범이 눈에 힘을 주었다. 그러고는 물었다.
 "분명하게 말씀해 주세요. 이 대표님이 목소리를 민 건가요? 아니면 그자가 실수로 떨어진 건가요?"
 이민준 또한 진지한 표정으로 말했다.
 "마음 같아서는 집어 던지고 싶었지만, 저는 살인자가 아닙니다. 한데 숨기고 싶은 게 있었던지 놈이 알아서 뛰어내리더군요."
 "확실합니까?"
 "그렇습니다."
 이민준의 눈과 표정을 누차 확인한 이호범이 고개를 끄덕이며 말했다.
 "제가 무례했다면 용서하세요. 하지만 무엇보다 우리가 하는 일이 정의이기를 바라는 마음이 있습니다."
 그런 마음을 왜 모를까?
 이들은 범죄와 죄악으로부터 갱생의 길을 걷고 있는 사람들이다.
 "그 마음 이해합니다."
 "자칫 오해를 살 수 있는 문제입니다. 목소리가 죽었으니까요. 그리고 그 트럭 운전사, 분명 고용되었거나 협박을 당한 사람일 겁니다."

"저도 그렇다고 생각하고 있습니다."

"간지러운 말일 수도 있겠지만, 혁수에게 이 대표님에 대한 이야기를 들었을 때 참 괜찮은 사람이라고 생각했습니다. 그리고 어제 차 안에서 대화하면서 굉장히 신뢰가 간다고 생각했고요."

이호범이 말한 것처럼 간지러운 기분이 들기도 했다.

하지만 그럼에도 이호범은 꽤 무거운 표정으로 말을 이었다.

"그래서 저는 이 대표님을 믿습니다. 바보 같은 말이지만, 저는 제 느낌을 확신하거든요. 그리고 한 번 신뢰한 사람은 끝까지 가는 거로 생각합니다."

꽈득-

이호범이 주먹을 쥐며 말했다.

"저희는 프롭니다. 이번 일 저희가 마무리 짓게 해 주시겠습니까?"

이렇게 고마운 말이 또 있을까?

"그렇게 해 주신다면 제가 더 감사할 일입니다."

그제야 표정을 푼 이호범이 말했다.

"대신 금액이 좀 셀 겁니다. 보통 사건은 아니지 않습니까?"

"그거야 당연한 것 아니겠습니까?"

"후후! 이렇게 화통한 의뢰인이라니, 앞으로 처리할 일이 생기면 꼭 저희를 불러 주세요."

"알겠습니다."

이민준은 이호범과 악수를 했다.

목소리가 죽는 바람에 뒤끝이 좋지 않다고 생각했는데, 이호범이 있어 다행이라는 생각이 들었다.

천안으로 올라가는 차 안이었다.

우우웅!

밤늦은 시간이었기에 고속도로는 한산하기만 했다.

스슥-

이민준은 보조석에 던져두었던 주머니 시계를 집어 들었다.

제2장

북부

'여기에 뭐가 있긴 있는 건가?'

출발하기 전, 차 안에서 시계를 확인하긴 했었다. 하지만 안타깝게도 아무런 단서도 찾지 못했다.

무슨 표식이 새겨 있는 것도 아니고, 그렇다고 사진이나 정보 같은 게 있는 것도 아니고.

이민준은 답답함을 느꼈다.

물론 주변이 어수선하기도 했고, 차 안에 달린 등이 그리 밝지도 않았기에 단서를 찾기가 쉽지는 않았다.

"후우."

그렇다고 해도 이렇게 힌트가 없을 수 있을까?

'망할 자식.'

목소리를 생각하니 머릿속이 더욱 복잡해졌다.

놈은 과연 그들과 연결이 되어 있는 걸까?

그게 아니라면 목소리가 말한 그들이란 정말로 존재하는 사람들일까?

이민준은 고개를 흔들었다.

어쨌든 천안으로 올라가서 놈의 가방과 시계를 조사해 보면 뭔가 단서가 나올지도 모를 일이었다.

집에 도착했을 때는 새벽 4시가 넘은 시간이었다.

"흐음."

게임 접속 시간이 새벽 6시였기에 잠들기엔 어려운 시간이기도 했다.

대충 짐을 정리한 이민준은 샤워를 한 후 방으로 들어왔다.

털썩-

의자에 앉고 나니 지난 일들이 모두 떠올랐다.

중간에 이호범이 다치는 예상치 못한 사고가 있었지만, 결국 목표로 하던 목소리를 만나기까지 했다.

하지만…….

'대체 왜 그런 선택을 한 거지?'

놈은 죽음을 선택했다.

삶보다 죽음이 나은 이유가 무엇이 있을까?

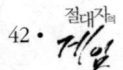

무언가 감추고 싶은 게 있다는 뜻일까?

차르륵-

이민준은 아파트 옥상에서 가져온 가방을 뒤집어 안에 든 것들을 확인했다.

휴대폰 충전기, 배터리, 사진기 덮개, 렌즈 덮개.

가방 안에 든 것은 그게 전부였다.

'이 자식.'

결국 목소리가 말했던 '가방 안에 든 단서'는 거짓이란 소리였다.

놈은 이민준의 눈을 피해 최후의 방법을 선택하려고 그런 거짓말을 한 듯싶었다.

그렇다면 놈이 말한 모든 것이 거짓이었을까?

아니, 그건 아닐 거다.

생각해 보면 목소리는 상식 밖으로 빠른 이민준의 몸놀림을 보고도 그다지 놀라지 않았었다.

그렇다는 건, 전에도 이민준과 같은 사람을 봤다는 이야기일 거다.

그들은 누굴까?

도저히 풀리지 않는, 공식을 알 수 없는 수학 문제를 마주한 기분이었다.

달칵-

이민준은 목소리가 숨기고 싶어 했던 주머니 시계를 열

어 보았다.

재깍- 재깍-

시간은 조금도 틀리지 않게 맞춰져 잘 움직이고 있었다.

시계를 다시 한 번 훑었다.

태엽을 감고 시계를 맞추는 조절 장치가 위에 달린 시계였다.

'대체 이걸 왜 숨기고 싶어 한 거냐?'

놈이 살아 있다면 어떻게든 물어봤겠지만, 지금은 그럴 수도 없는 형편이었다.

그렇다고 시계를 그냥 이대로 던져 두어야 할까?

아니, 그럴 수는 없었다.

어떻게 해서든 목소리가 이 시계를 감추고 싶어 한 이유를 찾아야 했다.

그렇다면 뭐가 있을까?

'그래, 맞아. 보이는 게 다가 아니지.'

이민준은 시계의 접합 부분을 관찰했다.

시력이 높아져 거의 현미경과 같이 세밀하게 확인할 수 있었다.

'이거다.'

작은 도구를 이용해 자주 시계의 뒷면을 열었었던지 시계에는 상처가 꽤 있었다.

그렇다면?

드륵-

이민준은 서둘러 서랍을 열고는 드라이버와 공구를 꺼냈다.

그러고는,

달칵-

시계의 뒷면을 열어 보았다.

그러자,

짤깍!

엄지손톱보다 조금 큰 칩이 하나 떨어졌다.

'이럴 줄 알았다.'

이민준은 칩을 돌려 보며 확인했다.

그러고 보니 어디선가 본 듯한 모양이었다.

타닥-

침대 아래에 숨겨 두었던 태블릿을 꺼내 인터넷을 실행했다.

이런 모양이라면…….

그래. 이건 분명 RF칩이 맞을 것이다.

이민준은 서둘러 인터넷을 조회해 보았다.

그러자 이미지가 떴는데, 시계 뒤에서 나온 RF칩과 비슷한 이미지가 꽤 많았다.

'RF칩.'

메모리 카드로 쓰이는 SD카드와는 다른 용도로 사용되

는 칩이다.

　RF칩은 보통 버스 교통 카드나, 아니면 전자식 개폐 장치 같은 보안 장치에 사용되는 무선 카드다.

　이민준은 이 칩이 목소리에게 꽤 중요한 것임을 직감했다.

　그렇지 않고서야 이걸 멀리 집어 던질 이유가 없었겠지.

　고작 교통 카드나 숨기자고 이걸 집어 던진 건 아닐 거다.

　어쩌면 이 RF칩은 중요한 장소의 문을 여는 열쇠인지도 몰랐다.

　'네놈의 물건이 아닌 것처럼 하고 싶었다?'

　그렇다는 건 누군가 자신의 몸을 조사했을 때, 이 RF칩이 발견되지 않기를 바랐다는 뜻이기도 했다.

　이 칩이 뭘까?

　이게 놈이 말한 그들과 연관이 있을까?

　아니면 대변과 관련된 무언가와 연관이 되어 있는 걸까?

　가슴속이 꽉 막힌 것처럼 불편함이 느껴졌다.

　만약 이게 비밀이 담긴 SD카드나 메모리칩 같은 거였다면 당장 뛰어나가 전문가를 찾아갔을지도 모를 일이었다.

　아버지를 죽인 범인을 밝혀내는 힌트일 수도 있으니 말이다.

　하지만 RF칩의 용도는 그런 게 아니니까.

　'제길.'

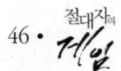

이민준은 오른손으로 RF칩을 쥐었다.

알고 싶었다.

아버지를 죽인 살인범을 잡고 싶었고, 정일석을 죽인 살인범도 잡고 싶었다.

목소리가 죽었으니 된 거 아니냐고?

아니, 아니다.

비록 직접 움직인 건 목소리였지만 실제로 아버지의 죽음에 책임이 있는 사람은 다른 사람이다.

목소리는 단지 도구일 뿐인 거다.

진짜 살인범이 사용한 살해 도구.

아버지와 정일석의 살해를 명령한 진짜 살인범은 다른 사람일 테니까.

이민준은 그놈을 진심으로 잡고 싶었다.

그렇게 생각하자,

후욱- 후욱-

놀랍게도 오른손이 반응했다.

'뭐야? 이 칩에 대해서 알고 있는 거야?'

그렇게 생각할 때였다.

화윽!

순간, 눈앞의 장면이 바뀌었다.

이민준은 누군가의 시선으로 세상을 바라보고 있었다.

어두운 밤이었다.
 달칵-
 시선의 사내가 차에서 내렸다.
 저벅- 저벅-
 사내는 흙으로 된 곳을 걸어서 컨테이너가 쌓인 곳으로 다가갔다.
 '개인 보관 창고?'
 이민준은 사내가 있는 곳이 어디인지를 가늠하기 위해 열심히 주위를 둘러보았다.
 '여긴 어디인 거지?'
 하지만 안타깝게도 주변이 어두웠기에 알아볼 만한 건물이나 간판 같은 게 전혀 보이지 않았다.
 '망할!'
 속이 부글부글 끓는 기분이었다.
 그때였다.
 자락-
 사내가 주머니에서 시계를 꺼냈다.
 '저 시계.'
 그건 바로 목소리의 주머니 시계였다.
 이민준은 그제야 시선을 보여 주고 있는 사내가 목소리임을 알아챘다.
 스슥-

목소리가 시계를 컨테이너에 가져다 대었다.
그러자,
띠릭- 철컹!
안쪽에서 소리가 나며 무언가 열리는 소리가 들렸다.
그렇구나!
목소리의 주머니 시계는 컨테이너의 잠금장치를 푸는 데 사용하는 전자 열쇠인 거다.
타닥-
목소리가 컨테이너 안으로 들어섰다.
티딕- 티디딕-
천장에 달린 형광등에 불이 들어왔다.
목소리가 주변을 둘러봤다.
사무실처럼 꾸며진 장소였다.
벽 한쪽에는 옷장과 무기 같은 것들이 걸려 있었고, 반대편 벽에는 각종 서류함이 늘어서 있었다.
'이거구나.'
여긴 목소리가 중요 서류를 보관하는 장소 같았다.
이민준은 뭔가 힌트가 될 만한 것을 찾기 위해 빠르게 주변을 둘러보았다.
하지만,
후으윽-
'이런!'

영상은 거기까지였다.

"후우!"
이민준은 깊은숨을 내뱉었다.
오른손이 보여 준 영상이 너무 짧았다.
양손으로 머리를 감싸 쥐었다.
'어느 곳에 있는 보관 창고인지 알아낼 방법이 없을까?'
설마 오른손이 아무런 영양가도 없는 영상을 보여 주지는 않았을 거다.
어떻게든 작은 단서라도 찾아내야 한다.
이민준은 머릿속 영상을 돌려 보고, 또 돌려 봤다.
그때였다.
그래!
목소리가 컨테이너 앞에 섰을 때의 장면이었다.
컨테이너에 적힌 번호.
저건 보관 업체가 분류하는 방식일 거다.
'좋았어!'
스슥- 스스슥-
이민준은 메모지를 꺼내어 자신이 본 숫자와 영문을 적었다.
이걸 알아내면 목소리의 비밀 창고를 찾을 수 있을 거다.
타닥- 타다닥-

물론 혹시나 하는 마음에 인터넷으로 조회를 해 보았지만, 나오는 것은 아무것도 없었다.

 '아침 일찍 지혁수를 시켜서 찾아봐야겠구나.'

 지혁수는 이런 일을 전문적으로 하는 사람이니까.

 꽈득-

 이민준은 주먹을 굳게 쥐었다. 목소리의 비밀 창고에 쌓여 있던 서류들이 떠올랐다.

 '가까워지고 있구나!'

 놈이 소중하게 생각하는 창고라면 분명 중요한 서류들이 꽤 들어 있을 것이다.

 그리고 그중에서 아버지와 정일석의 죽음과 관련된 문서를 찾을 수 있다면 진짜 살인범을 밝혀낼 수도 있을 거다.

 시간은 금방 지나갔다. 어느덧 새벽 6시가 되었고, 이민준은 고글을 착용했다.

 [게이트가 생성됩니다.]

 접속 게이트는 아파트에서 20분가량 떨어진 목욕탕 앞에 생성되어 있었다.

 '목욕탕 안에서 안 열린 게 다행이구나.'

 여탕 안에서 열렸다면 접속이 끝난 후 난감한 상황이 벌어질 수도 있었을 테니 말이다.

 "후우."

섬뜩한 생각에 고개를 흔든 이민준은 망설임 없이 게이트 안으로 들어갔다.

후으윽-

밝은 빛의 통로를 지나고 나서야 게임 세상이 눈에 들어왔다.

목소리의 일로 마음속이 어수선하긴 했지만, 그렇다고 게임을 접속하지 않을 수는 없었다.

앨리스의 말처럼 접속 시간을 어기더라도 게임이 강제로 유저를 접속시키는 시스템이니까.

어쩔 수 없는 일이었다.

시선이 열린 곳은 여황제가 마련해 준 응접실의 구석이었다.

"아으! 피곤해. 피곤해."

소파에 늘어져 있던 루나가 지쳤다는 듯 투덜거렸다.

"호호호! 그래도 먹는 건 마음대로 드시지 않았습니까?"

잘생긴 귀공자로 변신한 크마시온이 루나 옆에서 아양을 떨고 있었다.

"호호호! 그게 아니라면 내가 밤새도록 파티장에 붙어 있을 이유가 없지!"

"으흐흐! 옳으신 말씀입니다."

피식-

이민준은 한결같은 루나의 모습에 그만 웃음을 터트리

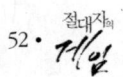

고 말았다.

"어머! 한니발! 오셨군요?"

이민준을 발견한 앨리스가 반가운 얼굴로 그를 반겨 주었다.

보라! 저 여인의 눈에 담긴 따스한 기운을!

"앨리스."

이민준도 미소로 화답해 주었다.

"호호호."

서로를 바라보는 것만으로도 웃음이 나오는 그것.

그게 바로 연인이 아닐까?

라고 생각할 때였다.

"와! 나 방금 닭살 돋았잖아. 정말 한니발 오빠가 이렇게 여자한테 약한 남자인지 나 진짜 몰랐잖아."

이민준과 앨리스의 모습에 살짝 기분이 상했다는 듯 루나가 툴툴거렸다.

"허허허! 사랑만큼 고결하고 순수한 것은 세상에 없단다, 루나야. 그러니 모두 일찍 일찍 결혼해서 애를 한 3명씩은 낳아야 않겠니?"

"카, 카소돈 님, 무, 무슨 그런 말씀을 하세요?"

"허허! 왜? 루나 나이라면 벌써 애 둘은 낳았어야 정상 아니니?"

"으앗! 제가 애를 낳다니요! 꺄악! 징그러워!"

얼굴이 빨개진 루나가 어쩔 줄을 몰라 했다.
'그러고 보니.'
이민준은 번뜩 무언가를 생각해 냈다.
그동안 카소돈이 어떤 존재인지를 잠시 까먹고 있었던 것 같았다.
할루스의 위대한 사제이자, 언젠가는 할루스 교의 교황이 되어야 할 사내.
하지만 그 이전에 그가 대륙에서 유명할 수 있었던 이유는 바로 야화와 야설 덕분이었다.
만인에게 사랑을!
사랑은 귀족과 천민을 가리지 않는다!
그리고 할루스의 사제인 나는 그런 사랑을 실천하리라!
어떻게?
야화, 야설은 사랑이니까!
모두에게 야화와 야설을!
뻔뻔한 카본좌의 인생 신조였다.
"이쪽으로 와요. 와서 따스한 차를 좀 드세요."
이민준의 곁으로 다가온 앨리스가 팔짱을 끼며 한 말이었다.
자신을 아끼는 사람들과 함께할 수 있다는 것.
이민준은 문득 마음속이 따스해짐을 느꼈다.
'고마운 사람들이야.'

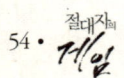

뭉클한 감정이었다.

현실 속에서 겪은 지난 며칠간의 일들은 너무나 아프고, 힘들고, 지치는 일들이었다.

더군다나 아버지와 관련된 일들은 언제나 이민준의 신경을 날카롭게 만들고 있었다.

그런데 정말 신기하지 않은가?

게임 속 일행들과 함께하고 있으면 긴장되었던 마음이 따뜻한 바람에 눈이 녹듯 사르르 사라지니 말이다.

"하하하!"

"호호호!"

함께라면 웃음이 끊이지 않는 이들.

이민준에겐 일종의 휴식 같은 사람들이었다.

빠득-

이민준은 조심스럽게 주먹을 쥐었다.

이렇게 고맙고 사랑스러운 사람들이 멸망으로 인해 사라질 수도 있다니, 그건 정말 안 될 일이었다.

자신에게 주어진 숙명이란 정말 무겁고 부담스러운 일들인지도 몰랐다.

하지만 그렇다고 포기하고 도망가지는 않을 생각이었다.

'내가 할 수 있는 일이라면 기필코 해낸다.'

이민준은 소중한 사람들을 지키겠다고 굳게 다짐했다.

※ ※ ※

콰광-

거대한 천둥이 울렸다.

그러고는,

그그그궁-

하늘 높은 줄 모르고 솟아 있던 거대한 첨탑이 서서히 무너지기 시작했다.

"피해! 여길 빠져나가야 한다!"

"뛰어내려!"

"하, 하지만 모, 몸이 말을 듣지 않아!"

빛으로 만들어진 건물 안에서 천사들의 절규가 퍼져 나왔다.

"대체 어떻게 이럴 수가?"

"으아아아!"

"이, 이건?"

고통과 분노, 그리고 절망.

천사들의 비명 속에 섞인 감정이었다.

으득- 으드득-

뒤뚱거리며 기울어진 첨탑이 불안하게 좌우로 흔들린 후였다.

뚝- 후웅!

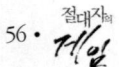

밑동이 부러지며 기다란 첨탑이 바닥을 향해 떨어져 내렸다.

쿠과과과광!

지면과 강하게 부딪친 첨탑이 마치 큼직한 유리병이 깨지듯 처참하게 부서지고 말았다.

깜박- 깜박-

꺼져 가는 불씨처럼 산산조각이 난 첨탑의 조각들이 최후의 발악을 했다.

후웅- 후웅후웅-

수백 개의 촛불이 빠르게 꺼져 가듯 어두워지는 첨탑 조각에서 수백 기의 천사들이 소멸하였다.

수천 년 동안 굳건하게 자리를 지키고 있던 명예의 전당이었다.

천계의 자랑이며, 신들의 자부심을 담은 건물.

그런 명예의 전당이 순식간에 부서져 돌덩이가 되어 버린 거다.

철걱- 철걱-

터덕!

때마침 수십 기의 천사 기사들이 참사 현장에 도착했다.

"어떻게 이럴 수가!"

명령을 받고 출동한 제11연대 천사 기사장 므라친은 깊은 분노를 느꼈다.

손을 쓸 수도 없었다.

오직 이곳에 도달하는 것에만 신경을 썼을 뿐, 설마 명예의 전당이 이렇게나 힘없이 부서질 줄은 상상도 못했던 일이었다.

절걱- 절걱절걱-

주변을 빠르게 확인한 므라친이 휘하의 천사 기사들에게 명령했다.

"당장 주변을 수색한다! 천계로 들어온 이질적인 존재를 찾아내야 한다. 그자의 이름은 히리온! 이대로라면 천계의 균형이 무너질지도 모른다."

차작-

"명령에 따르겠습니다!"

므라친의 부장인 네타음이 절도 있는 동작으로 명령을 받은 후 움직였다.

처저적-

촤아아악-

무려 20기나 되는 천사 기사들이 밝은 빛의 날개를 활짝 펴고는 하늘로 날아올랐다.

'이게 가능이나 하단 말인가?'

므라친은 복잡한 심경이었다.

고작 한 명이다.

인간의 형상을 한 존재.

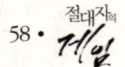

천계로 들어와 모든 질서를 어지르고 있는 자였다.

그런 그자가 천계로 들어온 지는 고작해야 며칠도 되지 않았다.

얼마 되지 않은 시간이었음에도 그자는 '솔트린 신의 기념비'를 부수었고, '네두아름의 신성한 우물'을 파괴했으며, 그것도 모자라 '명예의 전당'마저 폐허로 만들고 말았다.

어찌 이런 일이 있을 수 있단 말인가?

고작해야 한 명이다. 그런 한 명에게 천계 전체가 농락을 당하고 있다고?

'평화가 너무 길었단 말이냐?'

모두가 당연하다고 생각했던 평화였다.

위협이 없는 세상.

주신이 사라진 이후로 누구도 천계의 위험을 예상하지 못했었다.

할루스를 봉인한 신들은 할루스 자체가 천계의 위협이라고 믿었으니까.

만약 할루스의 시대에 이런 적이 나타났다면?

지금처럼 감히 천계를 휩쓸고 다니지는 못했을 거다.

모든 지역에 검문소가 설치되었을 것이고, 모든 지역에 신들의 군대가 주둔하고 있었을 테니까.

하지만 지금은?

'할루스가 없다면 위협도 없다!'

이 얼마나 위험한 생각인가?

주신이 봉인된 이후, 무려 90퍼센트 이상의 천사 기사와 군대가 해산되었다.

모든 신이 바라 마지않던 평화의 시대였으니까.

그들이 할루스를 봉인한 이유였다.

평계가 필요했으리라.

또한 당위성을 위해 군대를 해산한 것이리라.

'신들이시여, 그것이, 그것이 정녕 당신들의 뜻이었단 말입니까?'

므라친은 먼 곳을 바라보며 회한의 한숨을 내쉬었다.

나약한 천계.

자신을 지킬 수 없는 천계.

그게 현재 천계의 현실인 거다.

물론 믿을 수 없는 적이 쳐들어오기 전까지만 해도 평화의 시대는 정답이었다.

모두가 그렇게 생각했고, 그게 옳은 일이었으니까.

그런데 요 며칠간 천계를 장악하고 있던 정의가 완전히 무너지고 말았다.

믿을 수 없는 적의 등장 때문이었다.

쿠드등- 쿠등-

빛으로 이루어진 땅이었다.

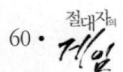

잔잔한 융단처럼 깔려서 주변을 밝히던 빛의 땅이 점점 빛을 잃기 시작했다.
 '역시 놈의 짓이야.'
 히리온이라는 자가 지나간 자리에는 오직 절망만이 남게 되었다.
 놈은 자신을 절망의 사자라고 지껄인다고 했지?
 챙! 화으윽-
 므라친은 빛의 검을 뽑아 들었다.
 천계의 땅이 빛을 잃고 있다는 것은 히리온이 아직 이 지역을 벗어나지 않았다는 뜻일 테니까.
 그런 생각을 하고 있을 때였다.
 크드등!
 "저, 저기!"
 "그자다! 그자가 나타났다!"
 하늘을 날고 있던 천사 기사들이 소리쳤다. 그리고 그 지점은 바로 명예의 전당이 서 있던 그 자리였다.
 대체 놈이 어디에 있다가 저기서 나타난 거지?
 크스스스-
 그러고 보니 히리온은 바닥에서 솟구친 것 같았다.
 왜? 무엇 때문에?
 "허어!"
 콰스스스-

놀라운 일이었다.

명예의 전당이 가지고 있던 천계의 기운.

콰지지직-

신들의 기운이 히리온의 몸으로 빨려 들어가는 중이었다.

'시, 신들의 힘을 흡수한다고?'

믿을 수 없는 일이었다.

절망을 전파하는 자가 어찌 천계의 힘을 흡수할 수 있단 말인가?

하지만 놀라운 일은 거기서 멈추지 않았다.

"저자를 막……."

콰직! 펑-

히리온의 몸에서 강렬한 번개가 뻗어 나가는가 싶더니, 이내 천사 기사 하나를 폭발시키고 말았다.

"무슨?"

상황을 제대로 파악하기도 전이었다.

콰직- 콰지직-

퍼버버벙-

히리온의 몸에서 여러 갈래로 뻗어 나간 번개가 공중에 떠 있는 천사 기사의 절반 이상을 터트려 버렸다.

"이익!"

므라친은 정신이 번쩍 들었다. 이렇게 당하고만 있을 수는 없는 일이었다.

"천계의 기사들! 돌격! 앞으로!"
"천계를 위하여!"
"신들을 위해 목숨을 바친다!"
파박- 파바박-
뒤에 남아 있던 돌격 기사들이 천사의 날개를 활짝 펴고는 빛으로 번쩍이고 있는 히리온을 향해 날았다.
후드득-
그리고 이들의 가장 앞에 선 천사.
제11연대 천사 기사단의 단장 므라친.
'감히! 신들의 땅에서!'
꽈득-
여신의 방패를 강하게 쥔 므라친은 히리온을 향해 맹렬하게 돌진했다.
그때였다.
콰지지직-
신에 가까운, 아니 어쩌면 신을 능가할지도 모를 강력한 에너지가 주변을 가득 메웠다.
'마, 말도 안 돼!'
콰득! 파지지직-
므라친은 자신의 기운을 끌어 올려 여신의 방패에 주입했다. 자신이 사용할 수 있는 최대한의 방어막이다.
"어헉!"

하지만 주변을 메운 기운은 상상 이상의 것임이 분명했다.
후아아악-
태양보다 더욱 밝은 빛이 주변을 집어삼키는 순간이었다.
화으으윽-
"끄아아악!"
므라친은 자신의 몸이 갈기갈기 찢어지는 것 같은 고통을 느꼈다.
'이대로 끝인가?'
문득 저도 모르게 그런 생각이 들었다.
파아아악-
"커흑!"
고통이 온몸을 훑었다.
그러고는,
파바박-
바닥을 구른 것 같았다.
"끄으윽!"
시력을 잃었는지 주변이 어둡게만 느껴졌다.
자각- 자각-
온몸이 끊어질 것 같았지만 므라친은 주변을 더듬어 검과 방패를 잡으려 했다.
하지만,
저벅- 저벅-

"흐으으! 모두 소용없는 짓. 크윽! 고통! 분노! 절망!"
누군가 다가오면서 끔찍한 소리를 냈다.
'히, 히리온?'
므라친은 그제야 주변이 어두워졌을 뿐 자신이 시력을 잃은 것이 아님을 깨달았다.
"흐윽!"
고개를 돌리자 이쪽으로 다가오고 있는 히리온이 흐릿한 시선 안에 잡혔다.
'천계의, 천계의 적. 신들을 보호해야 한다.'
바스락- 바스락-
므라친은 어떻게든 검을 집어 들기 위해 바닥을 기었다.
하지만,
콰직-
가까이 다가온 히리온이 므라친의 등을 발로 밟았다.
"커윽!"
상상을 뛰어넘는 고통이었다.
그러나 그게 끝이 아니었다.
탁- 타닥-
"으윽!"
히리온이 므라친의 몸을 발로 밀어 돌렸다.
힘없이 돌아누운 므라친은 히리온의 모습을 쳐다볼 수 있었다.

"흐으으!"

히리온이 손을 들어 올렸다.

화륵- 화르륵-

놀랍게도 그의 손에는 천신의 기운이 일렁이고 있었다.

'내가, 내가 천신의 손에 죽는 거라고?'

이해할 수 없는 일이었다.

하지만 그것도 잠시.

"나는 절망의 사자 히리온. 내가 가는 곳은 오직 절망뿐이다."

콰직-

므라친은 심장에 강한 충격을 느꼈다.

그리고 그게 끝이었다.

※ ※ ※

"한니발 님!"

"에두리엘 자작님! 아차! 이젠 에두리엘 백작님이시죠?"

이민준은 자신의 말실수를 고치며 환하게 웃었다.

"후후후! 이 모든 게 한니발 님 덕분입니다."

에두리엘이 반가운 얼굴로 다가와 악수했다.

에두리엘은 여황제로부터 이민준과 앨리스를 도운 공로를 인정받아 백작의 작위를 돌려받았다.

물론 그의 작위는 왕국 시절 왕에게 받은 작위였다.
그런 이유로 에두리엘은 작위를 고사할 생각도 하고 있었다.
그러던 차에 여황제가 새로운 제안을 했다.
그리고 그건 바로 남부의 왕국 국민을 다스릴 수 있는 집정관 자리였다.
처음 제안을 받았을 때 에두리엘은 자신의 귀를 의심할 수밖에 없었다.
그럴 만큼 충격적인 제안이었기 때문이다.
'하지만 앨리스는?'
그러고 나서 든 생각은 바로 자신이 존경하는 앨리스 집정관에 대한 것이었다.
그러나 놀랍게도 에두리엘은 또 다른 소식을 들을 수 있었다.
그게 뭐냐고?
그건 바로 이 제안을 한 사람이 앨리스라는 것이었다.
세상의 멸망을 막기 위해 여행을 떠나야 하는 앨리스는 자신의 직책을 물려줄 만한 사람으로 에두리엘을 염두에 두고 있었던 터였다.
그리고 마침 이렇게 기회가 왔을 때 여황제를 설득해서 자신의 지위를 에두리엘에게 넘긴 것이다.
당연한 이야기지만 여황제가 고민하지 않은 건 아니었다.

하지만 그럼에도 여황제가 에두리엘에게 파격적인 직위를 하사한 건 역시나 앨리스에 대한 무한 신뢰 덕분이었다.

"흐흐흐! 나도 있다네. 한니발, 잘 지냈나?"

"아! 알란드리 영감님! 아니! 알란드리 자작님이시죠?"

작위를 받은 건 에두리엘만이 아니었다.

알란드리는 남부에서 큰 활약을 보여 주었고, 앨리스를 위해 많은 노력을 하기도 한 사람이었다.

"으흐흐! 이게 무슨 횡재인지 모르겠다네."

"후후! 횡재는 무슨. 영감, 아니 자작님이 앨리스를 살렸고, 저를 살린 거잖아요."

"에이에이! 간지러워! 그러지 말어."

알란드리가 얼굴을 붉히며 양손을 흔들었다.

언제 만나도 참 좋은 사람이었다.

남부에서 큰 역할을 해 준 두 사람이다.

이민준에게도 좋은 사람이고, 앨리스에게도 든든한 이들이다.

이 사람들이 남부의 집정관과 자작으로 남아 준다면 이민준은 물론 앨리스도 마음 편히 여행을 떠날 수 있을 것 같았다.

이민준은 북부로 떠나기 전에 반가운 사람들과 회포를 풀었다.

북부로 떠나는 일은 그다지 어려운 것이 아니었다. 황궁의 외곽에서 이동 마법 주문서를 사용하면 그만이니까.

하지만 그럼에도 여전히 황궁을 떠나지 못하고 있었다.

"후우."

이민준은 깊은숨을 내뱉었다.

간단한 일이었음에도 황궁을 떠나지 못하는 것.

그건 바로 오전 내내 이어진 환송 행사 때문이었다.

빠바밤- 빰빠바밤-

"그리하여! 우리는! 제국의 영광을 위하여……."

"성스러운 디보데오의 이름으로! 오늘부터 우리는~ 에헴!"

여러 행사에서도 들었던 지겨운 레퍼토리들이 황궁의 외곽에서도 이어지는 중이었다.

이민준은 고개를 흔들었다.

'하아! 정치인들이란.'

현실이나 게임이나 이런 부분은 별다를 게 없는 것 같았다.

짠짜자잔-

길고 긴 행사였다.

그리고 드디어 그 행사가 모두 끝났다.

"후후후! 준비가 끝나셨나요?"

여황제가 밝은 표정으로 다가왔다.

여황제는 이번 원정을 위해서 모든 지원을 아끼지 않았다.

돈과 장비, 그리고 대륙 어디에서도 군대를 이용할 수 있는 특권까지.

그녀의 지원 범위를 돈으로 환산하면 대략 5천억 원에 가까운 금액이었다.

하지만 그건 시작에 불과했다.

여황제는 그 몇 배의 금액이라도 원하는 지역에서 동원할 수 있는 황금패를 이민준에게 주기까지 했다.

말 그대로 상상을 초월하는 지원이었다.

"물론입니다. 모든 준비는 완벽합니다."

이민준은 주변 동료들을 둘러보았다.

앨리스와 카소돈, 그리고 에리네스와 루나.

함께 여행을 떠날 동료들이었다.

크마시온과 섀도우 나이트도 있었지만, 녀석들은 이동을 위해 잠시 주신의 상처에 들어간 상태였다.

"좋습니다. 그럼 여러분의 행운을 빕니다."

그래. 드디어 떠나는 거다.

"그럼… 이만 떠나겠습니다."

예를 갖춰 인사를 한 이민준은,

부욱-

단체 이동 마법 주문서를 찢었다.

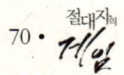

그러자,
화으윽!
밝은 빛이 주변으로 뻗어 나갔다.

제3장

창고

후으윽-

밝은 빛과 함께 환경이 변했다.

이민준은 주변을 둘러보았다.

주변을 덮고 있는 보호막과 마법진이 그려진 대리석 바닥.

황궁과는 전혀 다른 형태의 마법진이었다.

그렇다는 건 북부로 왔다는 뜻이리라.

언제나 그렇듯 이동 마법을 사용하면 혼탁한 비누 거품 안으로 들어오게 되어 있었다.

띠링-

[카라 : 20초 뒤에 보호 장막이 걷힙니다.]

카라의 알림과 함께 시선에서 초읽기가 시작되었다.

"오오! 북부에 왔어요."

루나가 상기된 얼굴로 외친 말이었다. 그러자 카소돈이 따스하게 미소 지으며 물었다.

"그러고 보니 루나가 북부 출신이라고 그랬지?"

"맞아요. 북부의 화염 산맥에서 초보를 벗어났죠. 물론 북부를 여행하면서 레벨을 올리기도 했답니다."

이번엔 에리네스가 물었다.

"그럼 혹시 아메 카이드만에도 가 본 적이 있는 거야?"

아메 카이드만은 연계 퀘스트와 관련이 있는 지역 이름이었다. 그리고 일행이 향하게 될 첫 번째 목적지이기도 했다.

에리네스의 말을 들은 루나가 몸서리를 치며 대답했다.

"으으! 거긴 근처에도 가 본 적이 없어요. 워낙 악명 높은 지역이니까요."

"그렇구나. 그렇게 싫어하는 지역이라면서 어쩐다니? 이번엔 이렇게 오게 된 거잖아?"

"지금은 다르죠! 다른 사람도 아닌 한니발 오빠랑 같이 가는 거잖아요."

루나가 이민준을 보며 밝게 웃었다.

언제나 이민준을 믿고 따르는 귀여운 녀석이었다.

그렇게 대화를 나누는 사이, 어느덧 보호막이 투명하게

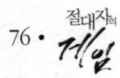

변하며 사라졌다.

이민준은 신경을 곤두세운 채로 바깥 상황을 확인했다.

후우웅!

동굴에서나 날 법한 울림 있는 바람 소리가 먼저 들려왔다.

이동 마법진이 있는 곳은 천장이 높은 건물 안이었다.

전방으로 거대한 문이 보였고, 문 너머 멀리 보이는 곳에는 드문드문 눈이 쌓인 웅장한 산이 보이기도 했다.

마치 큼직한 액자에 담긴 멋진 그림 같은 풍경이었다.

"우와! 역시 북부구나!"

가장 신이 난 사람은 루나였다.

"경치 하나는 끝내주네."

주변을 둘러본 에리네스도 방긋 웃으며 보조를 맞추었다.

건물은 마치 거대한 성전 같았다.

높게 솟은 천장과 미술 작품인 듯 색을 입혀 놓은 커다란 유리창.

하지만 오래된 건물이라 그런지 곳곳에 구멍이 나 있기도 했고, 한쪽 벽은 완전히 허물어져 있기도 했다.

이민준은 들떠 있는 일행들을 진정시키며 말했다.

"이곳은 안전한 곳이 아니니 우선은 주변 경계를 하도록 하죠."

"그렇습니다. 한니발 님의 말이 맞아요. 모두 긴장합시다."

카소돈이 고개를 끄덕이며 한 말이었다.

"네! 그럴게요."

챙!

무기를 꺼내 든 앨리스가 먼저 나서서 주변을 수색했다.

이민준도 주변 경계를 위해 크마시온과 섀도우 나이트를 소환하려던 찰나였다.

띵-

[상처 : 레어 퀘스트의 연계 퀘스트 지역인 북부에 도착하셨습니다.]

[첫 번째 연계 퀘스트가 시작됩니다.]

[이곳에서부터 마기에 사로잡힌 '아메 카이드만'까지가 모두 퀘스트 지역에 포함됩니다.]

[섀도우 나이트를 소환하세요.]

[섀도우 나이트는 이번 퀘스트가 끝날 때까지 소환 상태가 유지되어야 합니다.]

[만약 섀도우 나이트의 소환이 취소되면 퀘스트도 실패하게 됩니다.]

"흐음."

섀도우 나이트의 소환이 취소되면 실패하는 퀘스트.

뭔가 찜찜한 구석이 있었다.

섀도우 나이트가 아메 카이드만이나, 아니면 주신의 성전과 연관이 있다는 소리일까?

일단은…….
'소환!'
후으윽-
이민준은 크마시온과 섀도우 나이트를 불러냈다.
((흐어어! 북부의 찬 공기가 느껴진다!))
"으흐흐! 북부에 도착했군요!"
"크마시온, 너는 일단 주변을 수색하도록 해."
"예! 주인님! 분부대로 하겠습니다."
탁탁탁-
크마시온이 달려 나갔다.
((흐어어.))
그러자 섀도우 나이트가 이상하다는 듯 고개를 갸웃했다.
왜 자신은 보내 주지 않는지가 궁금한 모양이었다.
"넌 잠시 남아 봐. 물어볼 게 있다."
((말씀하십쇼, 주인님.))
"너도 이번 퀘스트의 조건은 알고 있지?"
((그렇습니다.))
"너 예전에 아메 카이드만이라는 지역에 가 본 적이 있는 거냐?"
((흐으으!))
이민준의 물음에 섀도우 나이트가 뭔가를 생각하는 듯

머뭇거렸다.

"뭔데? 뭐 기억나는 게 있어?"

((사실대로 말씀드리면 기억이 없습니다.))

"그럼 다른 기억은 있고?"

((그것도 없습니다. 전 그저 섀도우 나이트일 뿐입니다.))

"무슨 소리야? 그럼 너는 처음부터 섀도우 나이트의 모습이었단 말이야?"

((제가 기억하기엔 그런 것 같습니다. 정신을 차렸을 때부터 이 모습으로 레벨 1이었으니까요.))

혹시나 섀도우 나이트가 타락한 기사거나, 아니면 악에 물든 기사 정도 되는 줄 알았다.

그런데 그냥 1레벨의 섀도우 나이트로 시작을 했다고?

이민준은 고개를 갸웃하며 물었다.

"그렇구나. 흠, 그럼 혹시 예전에 북부에 와 본 적은 있어?"

((없습니다. 저는 줄곧 남부에만 있었습니다.))

"그럼 뭔데? 왜 소환되자마자 북부의 찬 공기가 어쩌고 한 건데?"

((그게······.))

이번에도 잠시 머뭇거린 섀도우 나이트가 주변을 둘러보며 말했다.

((예전부터 그런 느낌이 있었습니다. 제가 이런 모습이

아닌 또 다른 모습을 가지고 살았던 느낌 말입니다.))
 "그래? 그게 어떤 모습인데?"
 ((그건 잘 모르겠습니다. 그저 스치는 생각 같은 건데 어쩌면 꿈이었을지도 모르고, 아니면 그냥 상상 같은 건지도 모르겠습니다.))
 "그렇구나."
 기대하던 대답은 아니었다.
 조금은 실망스러운 기분이 들었다.
 "참! 그런데 대체 북부 어쩌고 한 건 뭐였냐?"
 ((그, 그게, 저도 모르게 내뱉은 말 같습니다.))
 "너 나한테 뭐 숨기는 거 아니지?"
 ((숨기는 게 있다면 주인님이 가장 먼저 아셨을 겁니다.))
 하기야.
 이놈은 이민준의 소환수다.
 녀석들이 말하는 참과 거짓 정도는 충분히 구분할 수 있다는 뜻이었다.
 '결국, 직접 확인을 해 봐야 한다는 소리잖아.'
 어쩔 수 없는 일이었다.
 "알았어. 일단 너는 이번 퀘스트에서 가장 조심해야 할 대상이다."
 ((제, 제가 말입니까?))
 "그래. 너의 소환이 취소됨과 동시에 퀘스트가 실패한단 말이야."

((그, 그게…….))

"그러니 다른 말 하지 말고 넌 뒤로 빠져 있어. 알겠어?"

((저, 전투가 벌어져도 말입니까?))

"당연하지. 넌 내 명령 없이는 절대로 앞에 나설 생각 하지 마. 알았어?"

((흐어어! 며, 명령대로 하겠습니다.))

섀도우 나이트는 조금 서운한 모양이었다.

언제고 전투가 시작되면 가장 먼저 나서서 싸웠고, 이민준을 보호하기 위해 최선을 다했던 녀석이니 말이다.

하지만 어쩌겠는가? 이번 퀘스트의 키워드가 바로 섀도우 나이트인 것을.

짜식! 기운 빠져 하기는.

이민준은 섀도우 나이트의 어깨를 두드려 주었다.

툭툭-

"그렇다고 너무 상심하지 말고. 알았지?"

((알겠습니다.))

그제야 조금은 힘이 났는지 섀도우 나이트가 고개를 끄덕였다.

휘이잉-

건물 밖으로 나서자 찬바람이 더욱 강하게 불었다.

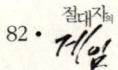

어차피 예상하고 있던 추위였다.

북부로 떠나기 전에 이쪽 지역에 대한 정보는 모두 수집한 상태였으니까.

"호호호! 털옷을 챙겨 오길 잘했네요."

두툼한 모피 외투를 입은 루나가 부드러운 털에 얼굴을 비비며 한 말이었다.

크마시온과 섀도우 나이트를 제외하고는 모든 일행이 모피 외투를 입고 있었다.

굳이 추위에 고생할 필요는 없으니까.

주변을 둘러본 카소돈이 물었다.

"마을이 멀리 있나요?"

"여기서 대략 4~5시간 거리에 하나가 있습니다."

이민준은 지도를 활성화했다.

마차를 구하려면 가까운 마을부터 찾아가야 한다.

그런 이유로 이미 출발 전에 마을 위치를 확인해 놓기도 했었다.

그때였다.

"마차라면 굳이 마을까지 가지 않아도 돼요."

"뭐?"

"그게 무슨 소리냐?"

루나가 내뱉은 뜻밖의 말에 모두의 시선이 그녀에게로 쏠렸다. 그러자 루나가 부끄럽다는 듯 웃으며 말했다.

"으흐흐! 제가 연금술사라는 걸 잊으셨나요? 한니발 오빠 덕분에 고레벨이 되어서 궁극의 기술을 익혔답니다."
"그래? 그게 뭔데?"
"짜잔!"
이민준의 물음에 루나가 알록달록한 유리병 하나를 꺼내 들었다.
"이게 바로 물체 연성 연금술이지요."
"물체 연성 연금술?"
"네! 호호! 고레벨에 익힐 수 있는 스킬인데, 필요한 재료들만 있다면 원하는 물체를 만들 수 있는 연금술이에요."
"그렇다면 그건?"
"맞아요! 바로 마차를 만들어 주는 물약이죠."
"오오! 대단합니다, 루나 님. 그게 말로만 듣던 형체 연성 물약이군요."
"뭐, 그렇게 부르기도 하지."
그래? 그게 마차를 만들어 준다고?
이민준은 고개를 끄덕이며 말했다.
"그러면 뭐하고 있어? 어서 마차를 만들어."
"윽! 이게 그냥 막 던진다고 되는 게 아니에요."
"그럼 어떻게 해야 하는 건데?"
"마차에 필요한 재료만 있으면 돼요. 그러니까 나무가 필요한 거죠."

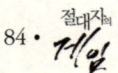

이민준은 주변을 둘러보았다.

길을 제외하고는 울창한 숲이 대부분인 지역이었다. 나무를 구하는 건 전혀 문제가 될 게 없었다.

"나무만 있으면 되는 거야?"

"아니요. 마차에는 쇠도 있어야 하고, 고무, 가죽 같은 것들이 있어야 하죠."

"쇠? 고무? 그것들을 지금 여기서 어떻게 구하는데?"

"그건 걱정하지 마세요. 그럴 줄 알고 자잘한 재료들은 제가 다 챙겨 왔답니다."

뒤적- 뒤적-

인벤토리를 뒤적인 루나가 금세 여러 개의 철괴와 생고무 같은 소량의 재료들을 꺼내었다.

"오오! 루나 님! 이게 엄청나게 편한 연금술이군요! 그렇다면 나무는 저와 섀나가 구해 오겠습니다."

크마시온이 허락을 구하는 듯 이민준을 쳐다보았다.

섀도우 나이트와 함께 일하겠다고?

잠시 생각해 보았다.

나무를 자르고 나르는 일은 위험한 게 없는 거니까.

"그래. 어서 구해 와."

"알겠습니다! 가자, 섀나!"

((흐어어!))

새로운 모험에 신이 났다는 듯 크마시온의 목소리가 한

껏 놓았다.

"우와! 역시 마법이 좋긴 좋구나!"
루나가 눈앞에 수북이 쌓인 나무를 보며 소리쳤다.
크마시온은 꽤 많은 나무를 잘라 왔다.
루나의 말에 따르면 이렇게나 많은 나무는 필요 없었지만, 역시나 적당이가 없는 크마시온이었기에 벌어진 일이기도 했다.
"자, 그럼."
수북이 쌓인 나무 근처에 철괴와 고무, 그리고 몇 가지 재료를 더 가져다 놓은 루나가 뒤로 물러섰다.
그러고는,
"나와라! 나의 역작 하이브리드 마차!"
힘차게 유리병을 던졌다.
그러자,
펑-
마치 신데렐라의 호박 마차가 나타나듯 눈앞에 멋들어진 마차가 나타났다.
"호오! 이 정도면 고급 마차 그 이상인데?"
에리네스가 감탄했다는 눈빛으로 한 말이었다.
"우와! 정말 멋져요, 루나 양."
"그러게. 이것 참, 대단하구나."

앨리스는 물론이고 카소돈도 꽤 만족한 것 같았다.
'그건 그런데……'
이민준은 문득 새로운 의문에 사로잡혔다.
"루나야, 마차는 됐는데 말은 어떻게 해?"
"으흐흐! 그건 걱정하지 마세요. 이건 자동 마차라고요."
"자동 마차?"
"네! 말이 필요 없는 마차죠."
"그게 사실입니까, 루나 님? 이게 자동 마차라고요?"
"응!"
"대체 그게 어떻게 가능하죠?"
"이건 말 대신 마나를 주입해서 달리는 마차거든요."
"오오! 그렇습니까? 그럼 그 원동력인 마나가 있습니까?"
"응. 너."
달그락- 달그락-
순간 할 말을 잃은 크마시온이 턱을 떨었다.
"호호호! 내가 효율적으로 설계했단 말이야. 그러니 걱정하지 마. 이게 연비가 얼마나 좋은 자동 마차인데! 너의 마나를 그다지 많이 소모하진 않을 거야."
"그, 그런가요?"
아무리 그렇다고 해도 크마시온이 시무룩해지는 건 어쩔 수 없는 일이었다.

어쨌든 교통편도 해결되었으니!

"자, 그럼 출발해 볼까?"

이민준은 일행들과 함께 마차로 올랐다.

"으흐흐! 크마시온, 넌 마부석이야."

"아, 알겠습니다."

착각인지는 몰랐지만 이민준은 순간 크마시온의 두개골에서 땀이 흐르는 것을 본 것 같았다.

드르르륵-

뜻밖에도 마차는 승차감이 좋았다.

아니, 그 정도를 넘어 마치 비싼 외제 승용차를 타는 기분이 들 정도였다.

여기저기에서 칭찬이 쏟아지자 루나가 부끄러운 듯 얼굴을 붉혔다.

그러다 문득 생각이 났는지 루나가 물었다.

"참! 오빠, 베닝이는 어떻게 된 거예요? 안 온대요?"

일찍도 물어본다.

이민준은 미소 지으며 루나를 쳐다보았다.

하지만 그런 이민준의 미소를 오해했는지 루나가 살짝 걱정스러운 표정으로 물었다.

"서, 설마 죽은 건 아니죠?"

"뭐? 베닝이가 왜 죽어?"

"아, 아니, 오빠가 지은 미소가 굉장히 쓸쓸해 보였거든요."

뭔가 오해를 해도 단단히 한 듯싶었다.

"네가 하도 일찍 물어보셔서 그렇지."

"윽! 그, 그런가요? 황궁에서의 일들이 어찌나 정신이 없었던지, 제가 그만 베닝이를 깜빡하고 있었더라고요."

이어지는 파티와 곳곳에 널린 맛있고, 고급스러운 음식들.

먹을 것에 약한 루나였기에 그럴 만도 하다는 생각이 들었다.

이민준은 고개를 흔들며 말했다.

"멸망과의 전투에서 마나 하트를 크게 다쳤어."

"베닝이가요?"

"응."

"허어! 세상에. 많이 다친 겁니까?"

"심각한 상태예요?"

카소돈과 에리네스도 아서베닝의 상태에 관심을 보였다.

두 사람 모두 마샬린 산에서 아서베닝과 만났던 경험이 있는 이들이다.

이들이 걱정하는 건 어쩌면 당연한 일인지도 몰랐다.

"그렇게 걱정하실 정도는 아니에요. 다행히 회복 속도가 빠르다고 하더군요. 곧 이곳으로 합류할 예정입니다."

"오호! 그거 정말 다행입니다."

카소돈은 진심이 담긴 표정이었다.

물론 순수하게 아서베닝의 건강만을 걱정하는 건 아니었을 거다.

마기로 가득한 아메 카이드만은 위험도가 매우 높은 고레벨 사냥터로 악명이 높은 지역이었다.

그만큼 강력한 몬스터가 많이 나타나는 곳이라는 뜻이리라.

그런 상황에서 아서베닝의 합류 소식은 모두를 기쁘게 하기에 충분했다.

드래곤은 그 자체만으로도 엄청난 화력을 지닌 존재니까.

같은 편에 드래곤이 있다는 건 굉장한 이점이었다.

이민준은 황성에 있으면서도 아서베닝과 하니아를 주고받았었다.

우스운 이야기지만, 게임 세상 속 최강의 생명체로 불리는 드래곤조차 원거리에 있는 누군가와 연락을 취하기 위해선 작고 귀여운 하니아를 이용해야 하는 게 이 게임만의 룰이었다.

'훗!'

덩치가 산만 한 드래곤이 손을 조물거리며 하니아에게 메시지를 전달하는 장면을 생각하니 저도 모르게 웃음이

나왔다.

"흠흠."

이민준은 고개를 흔들었다.

쓸데없는 생각이었다.

어쨌든 아서베닝은 크마시온이 예상했던 치료 기간보다 훨씬 빠르게 완쾌가 될 예정이었다.

'역시… 나이가 어려서 그런가, 회복 속도가 빠르네.'

크마시온은 아서베닝의 회복 기간이 대략 일주일 정도라고 했었다.

하지만 아서베닝은 단 3일 만에 완전히 회복할 수 있다는 메시지를 보내 주었다.

'역시 드래곤이 괜히 드래곤이 아니구나.'라는 생각이 들었다.

달그그르륵-

"앞에! 앞에 마을이 있습니다!"

마부석에 앉은 크마시온이 목청껏 소리를 질렀다. 녀석의 목소리엔 기쁜 기색이 잔뜩 포함되어 있었다.

'후후! 짜식, 그렇게 좋은가?'

크마시온이 기뻐하는 건 어쩌면 당연한 일인지도 몰랐다.

왜냐고?

이민준은 마나를 사용하며 고생하는 크마시온을 위해 도

착하는 마을에서 말을 구해 줄 것을 약속했다.

아무리 마나를 적게 사용한다고 해도 여러모로 신경이 쓰일 테니 말이다.

"으흐흐! 거의 도착해 갑니다! 도착해 간다고요!"

"어머! 어쩜 저렇게 좋을까?"

마부석에서 떠들어 대는 크마시온의 호들갑에 루나가 황당하다는 표정을 지었다.

녀석이 하도 유난을 떠니 괜스레 궁금하긴 했다.

이민준은 루나를 보며 물었다.

"마나 쓰는 게 그렇게 힘든 건가?"

"힘들긴요? 신경은 쓰여도 힘들지는 않아요. 이 마차 움직이는 게 고작해야 1레벨 마법을 지속해서 사용하는 정도인데, 힘들게 어디 있겠어요? 크마시온 정도라면 아무리 사용해도 문제가 없어요."

"그래? 근데 왜 저렇게 호들갑이야?"

"신경 쓰이고 귀찮거든요. 마나 사용하랴, 마차 운전하랴 여러 가지로 신경 쓰이잖아요."

이민준은 고개를 끄덕였다.

루나의 말을 듣고 보니 편한 일은 아닌 것 같았다.

하지만 아무리 그래도 그렇지.

고작 마차 운전하는 일이 귀찮다고 저렇게 호들갑을 떠나?

콱! 말을 안 구해 줄까 보다.

살짝 그런 생각이 들기도 했다.

'후우! 아니지.'

아무리 그래도 그렇지, 내 편인 크마시온을 일부러 못살게 굴 필요는 없었다.

달그르륵-

끼이이익-

크마시온이 고무 패드로 만든 브레이크를 이용해 마차의 속도를 줄였다.

마을에 다다른 것이다.

덜컥-

이민준은 가장 먼저 문을 열고 밖으로 나왔다.

"아!"

마을을 보자마자 탄성부터 나왔다.

뒤를 돌아보았다.

달그락- 달그락-

넋이 나간 건 크마시온도 마찬가지였는지 마부석에 앉은 녀석이 턱을 떨어 댔다.

"뭐, 뭐야? 완전 폐허네?"

뒤따라 내린 에리네스가 놀란 목소리로 말했다.

"허어! 이거 마을이 빈 지가 꽤 되어 보입니다."

카소돈도 걱정스러운 투로 목소리를 보탰다.

"이럴 리가 없는데? 제가 황궁에서 확인했을 땐 분명 주민들이 살고 있는 마을로 보고되어 있었거든요."

앨리스가 이해할 수 없다는 표정을 지었다.

이민준은 주변을 둘러보았다.

사람이 살지 않은 지 꽤 되었는지 건물 대부분이 허물어져 있었다.

"공격을 받은 건가요?"

에리네스의 질문에 앨리스가 대답했다.

"아니요. 자세하게 확인해 봐야 알겠지만 이렇게 봐서는 전투의 흔적은 보이지 않네요."

"그렇다는 건 마을 사람들이 마을을 버리고 떠났다는 말인가요?"

"그럴 가능성도 있죠."

앨리스의 말처럼 우선은 확인해 볼 필요가 있었다.

후으윽-

이민준은 주신의 기운을 끌어 올려 혹시 모를 위험에 대비했다.

그러면서 주변으로 주신의 기운을 퍼트려 숨어 있는 적이 없는지도 확인했다.

다행히도 근방에는 적으로 보일 만한 존재가 없었다.

이민준은 그제야 일행을 돌아보며 말했다.

"일단은 식사 준비를 하죠."

"네, 그래요."

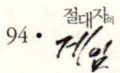

어쨌든 마을에 도착한 거다.

잠시 쉬면서 식사를 해결해야 하기도 하니까.

주변 상황이 대충 정리되자 루나가 마부석으로 다가가 안쓰러운 눈빛으로 물었다.

"크마시온, 실망한 거야?"

"아, 아니요. 제가 시, 실망하긴요."

"에이, 한 거 같은데? 실망."

"큽! 그, 그런 거 아닙니다."

"그래? 근데 눈에 맺힌 건 뭔데? 이슬이야?"

"크흡!"

크마시온이 등을 돌렸다. 최대한 안쓰럽게 보이기 위해 쇼를 하는 것 같았다.

그러자,

((흐어어! 호들갑도 적당히 떨어야지!))

도저히 못 참겠던지 과묵하던 섀도우 나이트가 나서서 한마디를 던졌다.

다른 이도 아닌 섀도우 나이트가 던진 말이다.

"풉! 푸하하하!"

"하하하! 섀나가 옳은 말을 하는구나."

"호호호! 크마시온이 엄살을 부리다가 걸렸네."

그 덕분이었는지 일행들이 웃음을 터트리고 말았다.

"히익!"

순식간에 웃음거리가 된 크마시온이 화들짝 놀라며 마차에서 내렸다.
 "아! 아이고! 식사하시려면 편한 장소를 찾아야죠? 제, 제가 찾아보겠습니다!"
 꼼수를 부리려다 딱 걸린 크마시온이 창피했던지 자발적으로 나서서 달려 나갔다.
 "짜식."
 이민준은 이번에도 크마시온의 뒤통수에 송골송골 맺힌 땀방울을 본 듯한 착각이 들었다.
 물론 녀석은 땀구멍이 없는 뼈다귀 인간이었기에 땀을 흘릴 리가 없지만 말이다.

 빈 건물이 많았기에 일행들이 자리를 잡고 식사를 할 만한 곳 또한 널린 상황이었다.
 이민준은 앨리스와 함께 괜찮아 보이는 집으로 들어가 안전부터 확인했다.
 "이 정도면 잠시 쉬었다 갈 만하죠?"
 "그러게요. 지지대도 안전하고, 지붕도 괜찮은 게 쓸 만하네요."
 이민준의 대답에 앨리스가 만족스러운 표정을 지었다.
 그럼 된 거다.
 이민준은 밖으로 나가 일행들에게 식사 장소가 마련되었

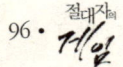

음을 알리려고 했다.

그때였다.

"주, 주인님! 여기! 여기 좀 와 보세요!"

멀지 않은 곳에서 크마시온의 외침이 들렸다.

쉴 곳을 알아본다며 부리나케 도망을 쳤던 녀석이다.

"뭔데 그래?"

"이리 와 보시면 압니다! 어서요!"

무슨 일이지?

저벅- 저벅-

이민준은 크마시온이 소리친 곳으로 다가갔다.

"뭐야? 무슨 일인데 저래?"

이민준뿐만 아니라 일행들 모두 크마시온이 소리친 곳으로 향했다.

터덕-

코너를 돌자 크마시온이 보였다.

녀석이 서 있는 곳은 마을 광장쯤 되어 보이는 넓은 공터였다.

"어?"

그리고 크마시온이 있는 곳.

그곳에는 커다란 동상이 하나 서 있었다.

이층집 정도로 보이는 커다란 동상이었는데, 이 동네에서 가장 멀쩡하게 생긴 구조물 중 하나인 듯싶었다.

이민준은 크마시온에게 다가가며 동상을 살폈다.

풀 플레이트 갑옷을 착용한 채로 검과 방패를 들고 서 있는 늠름한 기사의 모습이었다.

그런데 뭘까? 이 익숙한 느낌은?

"주인님, 이 동상의 모습… 어디서 많이 보신 것 같지 않으십니까?"

"그러게. 왠지 낯이 익은데?"

"맞아, 맞아. 나도 본 거 같아."

루나가 톡 튀어나오며 고개를 끄덕였다.

"흐음, 갑옷을 입은 기사라면 많이들 보지 않았습니까?"

카소돈이 냉정한 표정으로 말했다. 괜스레 지레짐작하지 말자는 뜻인 것 같았다.

"아니요. 그것보단 서 있는 자세가 익숙하다는 거죠."

루나의 말처럼 기사의 자세가 그랬다.

그러고 보니…….

휙-

모든 사람의 시선이 맨 뒤에 서 있는 섀도우 나이트를 향했다.

((흐어어!))

깜짝 놀랐는지 섀도우 나이트가 주춤했다.

"그래, 저 자세! 주인님! 이거 섀나가 자주 취하는 자세잖아요."

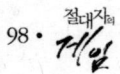

크마시온의 말이 맞았다.

섀도우 나이트를 소환하면 언제나 동상과 같은 자세로 '흐어어! 부르셨습니까? 주인님!'을 외치곤 했었다.

이민준은 동상과 섀도우 나이트를 번갈아 가며 쳐다봤다.

동상이 들고 있는 방패와 검의 모양.

섀도우 나이트는 마치 그림자처럼 시커먼 형상이었기에 자세히 보지 않으면 저 녀석이 방패를 하고 있는지, 혹은 칼을 들고 있는지를 알 수 없었다.

더군다나 공격 시에는 자주 모습을 변형시키기도 하니까.

하지만 이렇게 가만히 서 있는 걸 보니 섀도우 나이트가 저 동상의 그림자라고 해도 믿을 수 있을 만큼 똑같아 보이긴 했다.

"야! 이게 대체 뭐야?"

이민준의 물음에,

((흐어어.))

당황한 섀도우 나이트는 제대로 대답을 하지 못했다.

이민준과 일행은 동상을 확인했다.

안타까운 일이었지만 동상의 이름이나 내용 같은 건 전혀 보이지 않았다.

이름 없는 동상.

그렇다고 해서 섀도우 나이트는 알고 있을까?

아니.

섀도우 나이트 또한 매우 혼란스러워하고 있었다.

녀석은 섀도우 나이트로 살면서 한 번도 남부를 벗어난 적이 없다고 했으니 말이다.

답답한 일이었지만 어쩔 수 없는 일이었다.

이민준은 일행들에게 맛있는 음식을 해 주었다.

접속 시간이 얼마 남지 않은 상황이었기에 일행들에게 양해를 구하고는 밖으로 나왔다.

그러고는,

후우욱-

현실로 돌아왔다.

※ ※ ※

티엘 인터내셔널의 마케팅이 이미 시작된 시점이었기에 SH 무역 또한 바쁘게 움직일 수밖에 없었다.

다행이라면 컴퓨터 천재인 노영인의 영입이었다.

그는 이번 홈페이지 개편의 최대 기대주이기도 했다.

회의실에는 관리자급 직원들이 앉아 있었다.

지금까지 진행되어 온 상황들을 보고하고, 앞으로 진행될 일들을 서로 논의했다.

그리고 가장 기대를 하고 있던 프로그램.

노영인이 프로젝트를 보며 설명했다.

"대표님이 말씀하신 소비자 맞춤 시뮬레이션입니다. 고객이 자신의 체형과 사진을 입력하면 프로그램이 분석해서 고객에게 어울리는 제품을 추천하고 제안을 하는 거죠."

프로젝트 화면에는 대략적인 개요도가 적혀 있었다.

모두가 기대하고 있는 프로그램이다.

만약 이게 실행된다면 지금까지 없었던 쇼핑의 새로운 장르가 개척되는 거다.

이민준은 노영인에게 물었다.

"어떻습니까? 시간 내에 가능하겠습니까?"

"이런 일을 장담할 순 없습니다. 하지만 무슨 일이 있더라도 최선을 다해서 기한을 맞춰 보겠습니다."

노영인의 자신감 넘치는 한마디에 관리자들의 표정이 밝아졌다.

드륵- 드르륵-

회의가 끝나고 모두가 밖으로 나가는 중이었다.

"노영인 씨, 잠깐만 저 좀 보시죠."

"알겠습니다."

회의실에는 이민준과 노영인만 남았다.

이민준은 노영인을 바라보며 물었다.

"정일석 씨가 숨겨 두었던 프로그램, 어떻게 되었습니까?"

"그게… 흐음……."

잠시 뜸을 들인 노영인이 말을 이었다.

"프로그램 손상이 꽤 심합니다. 시간이 더 필요할 것 같습니다."

실망스러운 대답이었지만 어쩔 수 없는 일이었다.

"그렇군요."

이민준은 노영인과 몇 마디 말을 더 했다.

대부분이 회사의 적응과 관련된 부분이었다.

"그럼 이만 나가 보겠습니다."

이야기가 끝난 후, 노영인이 인사를 하고 나갔다.

잠시 생각을 정리하는 중이었다.

드으윽-

휴대전화가 울렸다.

문자 메시지였다.

'누구지?'

메시지는 다름 아닌 지혁수가 보낸 거였다.

그렇지 않아도 오전 중에 창고와 관련된 문의를 했던 참이었다.

'어디 보자.'

이민준은 문자 창을 열어 확인해 보았다.

〈오전에 문의하신 창고와 관련된 내용입니다. 통화 가능하실 때 전화 주세요.〉

이 또한 기다리고 있던 연락이었다.
꾸욱-
이민준은 서둘러 통화 버튼을 눌렀다.

제4장

자료

(네, 이 대표님.)
전화를 걸자 지혁수가 기다렸다는 듯이 받았다.
"이민준입니다. 창고 위치는 알아내셨나요?"
(이 대표님이 주신 창고 번호로 자료를 추리기는 했습니다. 비슷한 형태의 창고 번호를 쓰는 곳이 몇 군데 있더군요.)
"몇 군데요?"
(네. 대략 범위를 좁히긴 했는데, 다는 아닙니다. 이렇게 보니 한 세 군데 정도 됩니다.)
비슷한 번호를 쓰는 창고가 무려 세 군데나 된다고?
하기야.

창고 번호를 알아봐 달라고 연락한 게 고작해야 오늘 오전이었다.
　현재 시간이 오후 5시.
　이렇게나 빨리 찾아낸 것만도 대단한 일이긴 했다.
　"어디, 어디입니까?"
　(하나는 경기도고, 또 하나는 충청남도입니다. 그리고 마지막은 전라북도고요.)
　이민준은 생각을 정리했다.
　물론 창고를 꼭 찾아야 했기에 마음먹고 세 군데 모두 돌아다닐 수도 있었다.
　하지만 왠지 그건 시간 낭비처럼 느껴졌다.
　이민준은 고개를 흔들며 물었다.
　"그럼 각 창고와 관련된 자료를 가지고 계신 건가요?"
　(네, 있습니다. 근데 이게 문서 파일로 작업된 게 아니라 그냥 사진 파일입니다.)
　"그렇군요."
　만약 창고 자료가 문서 파일로 정리된 거라면 찾기 기능을 사용해서 쉽게 확인을 할 수 있었을 거다.
　그런데 창고 자료를 사진으로 찍어 온 거라면?
　그건 사람이 일일이 눈으로 확인할 수밖에 없다는 소리다.
　'그래서 세 군데라고 한 거구나.'
　문제가 그렇다면 해결 방법은 간단했다.

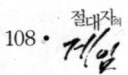

"지 사장님, 그 파일들을 저한테 보내 주세요."

(번거로우실 겁니다. 저희가 최대한 빨리 찾아서 알려 드리겠습니다.)

"아니요. 그것보단 다른 방법이 있습니다. 그러니 이미지 파일을 제 이메일로 보내 주세요."

(흐음, 이것 참 죄송하네요.)

"그러실 거 없습니다. 자료를 구해 주신 것만으로도 충분합니다."

(알겠습니다. 그럼 바로 파일을 보내도록 하겠습니다.)

딱-

지혁수와 인사를 한 이민준은 통화 종료 버튼을 눌렀다.

타다닥-

노트북을 열고는 메일부터 확인했다. 파일은 금세 메일로 들어와 있었다.

'어디 보자.'

딸깍- 딸깍-

압축을 풀고 확인해 보니 대략 50페이지가량 되는 빽빽한 창고 번호들이 나열되어 있었다.

이 정도쯤이야.

이민준은 집중력을 끌어 올려 파일들을 훑어보기 시작했다.

세상은 이미 어둠 속에 잠긴 후였다.

우우웅!

끼이익-

이민준이 차를 세운 곳은 충청도에 있는 한 공터였다.

'저기군.'

컨테이너를 겹겹이 세워서 만들어 놓은 창고.

RF칩을 손에 쥐고 봤었던 목소리의 시선과 일치하는 장소였다.

50페이지가 넘는 자료를 훑어보는 데는 그다지 많은 시간이 필요하지 않았다.

역시 향상된 두뇌 기능 덕분이었다.

그리고 그렇게 찾아낸 곳이 바로 이곳 보관 창고였다.

탁-

이민준은 차에서 내렸다.

평소에 타고 다니던 승용차가 아니었다. 이건 회사에서 주로 이용하는 1톤짜리 탑차였다.

물론 아직은 회사 로고도 박혀 있지 않았고, 회사와 관련된 어떤 도색도 되어 있지 않았다.

일부러 평범해 보이는 트럭으로 끌고 온 거다.

자각-

주변을 둘러보았다.

창고의 외곽은 철조망으로 둘러져 있었고, 정문은 보안장치가 설치되어 있었다.

 자동 시스템을 이용해서 무인으로 운영되는 창고였기에 곳곳에 CCTV와 보안장치들이 눈에 띄었다.

 이민준은 쓰고 있는 모자를 매만졌다.

 물론 아직은 창고로부터 꽤 멀리 떨어진 곳이었다.

 어두운 밤에 이 정도 거리를 CCTV로 찍기는 불가능해 보였다.

 그렇다고 해도 조심은 해야 하니까.

 스슥-

 이민준은 품에 넣어 두었던 덮개를 꺼내어 트럭의 번호판도 가렸다. 괜스레 CCTV에 개인 정보를 남기기를 원치 않았기 때문이다.

 모든 작업이 끝났다.

 저벅- 저벅-

 이민준은 보안장치 쪽으로 다가갔다.

 '이게 되려나?'

 그러고는 목소리의 시계에서 얻은 RF칩을 꺼내어 보안장치에 가져다 대었다.

 그러자,

 철컹-

 철조망으로 만들어진 문이 옆으로 밀리며 열렸다.

 '역시.'

제대로 찾아온 게 맞았다.
다행이라는 생각이 들었다.
탁- 우웅!
자그락-
차로 돌아온 이민준은 창고 안쪽으로 차를 몰았다.
'저기군.'
끼이익-
목소리의 환영에서 보았던 창고 앞에 차를 세웠다.
탁-
차에서 내렸다.
찾고 있던 바로 그 컨테이너다.
제발 저 안에 진짜 범인에 대한 자료가 남아 있기를!
간절한 마음이 들었다.
이민준은 RF칩을 손에 쥔 채로 컨테이너와 문을 자세히 살폈다.
혹시 얇은 선이나 특정한 장치 같은 게 없는지 확인하기 위해서였다.
목소리 정도의 최고 등급 청부업자라면 창고 보안을 고작 RF칩 하나에만 의존할 것 같지는 않았다.
'역시 이럴 땐 전문가가 필요하겠지?'
이민준은 전화기를 꺼내어 시간을 확인했다.
서로 약속한 시간이 거의 다 되어 가고 있었다.

아니나 다를까.

우우웅-

검은색 SUV가 정문 쪽으로 다가왔다.

전화상으로 말해 주었던 바로 그 차량이었다.

이민준은 정문으로 가서는 다시금 RF칩을 이용해 문을 열어 주었다.

끼이익- 탁!

"제가 늦은 건가요?"

차에서 내린 사람은 다름 아닌 박군두였다. 그리고 그 또한 검은색 모자를 쓰고 있었다.

CCTV에 얼굴이 찍히지 않기를 바라는 마음은 박군두도 마찬가지였던 것 같았다.

"아니요. 저도 방금 도착했습니다."

"그렇군요. 이건가요?"

"네."

"알겠습니다. 지금부터는 저한테 맡기세요."

이민준이 고개를 끄덕여 주자 박군두가 자신의 차로 다가가 커다란 가방 하나를 꺼내었다. 그러고는 장비를 꺼내 컨테이너의 겉면을 샅샅이 조사했다.

잠시의 시간이 흐른 후였다.

"설치된 부비트랩이나 보안장치가 없군요. 아무래도 안쪽으로 들어가서 다시 확인해 봐야 할 것 같습니다."

"그러죠."

이민준은 손에 들고 있던 RF칩을 문에 대었다.

그러자,

띠릭- 철컹!

안쪽에서 전자음이 나며 문이 열리는 소리가 들렸다.

"뒤로 물러서 계세요. 안쪽은 제가 확인하겠습니다."

박군두가 문을 열고는 안쪽으로 들어갔다. 그는 전문가답게 매우 조심스럽게 행동했다.

조금의 시간이 흐른 후였다.

"역시… 있군요. 이거 보세요."

박군두가 특이한 색을 내는 플래시로 이곳저곳을 비추었다. 그러자 얇은 선이 보였다.

"이걸 건드리면 이 안에 있는 것들이 모두 날아갈 겁니다. 보통 남들에게 들키기 싫은 자료를 보관하는 사람들이 이런 장치를 해 놓죠."

"그렇군요. 제거가 가능한가요?"

"물론입니다. 잠시 기다려 주세요."

대략 20여 분의 시간이 흐른 후였다.

잘각- 잘각-

박군두가 한 아름이나 되는 폭약과 얇은 선을 제거해서는 밖으로 나왔다.

이민준은 놀랄 수밖에 없었다.

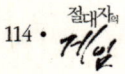

이렇게나 많은 폭약이 저 안에 설치되어 있었다니?

"그렇게 강한 폭약은 아닙니다. 영화에서처럼 거대한 폭발이 나거나 사람을 산산조각 내지는 않습니다. 대신 서류함에 든 것들을 모두 불태우기엔 충분한 양이죠."

"고생하셨습니다."

"뭘 이 정도로요. 또 도와드릴 게 있나요?"

이민준은 창고와 트럭을 번갈아 가며 쳐다본 후 말했다.

"안쪽에 있는 자료를 트럭으로 옮길 생각입니다."

"후후후! 현명하시군요. 보통 사람이라면 자신들이 찾던 자료가 궁금해서라도 그 자리에서 훑어보려고 하거든요."

"안전하지 않은 곳에서 그런 행동을 하면 안 되죠."

"역시 이 대표님입니다. 가시죠."

박군두가 팔을 걷어붙이며 컨테이너로 들어갔고, 이민준도 그 뒤를 따랐다.

※ ※ ※

강경억은 불빛으로 반짝이는 도시를 바라보았다.

폐허였던 곳이다.

그런 곳이 이렇게나 빠르게 발전해서 화려한 자태를 뽐내고 있다.

하지만 사람들은 이곳 서울이 얼마나 낙후된 곳이었는지

를 잊고 사는 것 같았다.

'망할 놈들! 이게 다 누구 덕분인데.'

거지처럼 굶고 살던 사람들이 이젠 집도 생기고, 차도 갖고, 잘도 먹고 산다.

그게 다 경제가 발전해서 그런 건데, 그런 고마움은 눈곱만큼도 없이 TV고 어디고 만날 대기업만 욕하고 있었다.

몸뚱이가 편해지니 헛생각이 드는 게 분명했다.

'하여튼… 천민들이란.'

강경억은 고개를 흔들었다.

자신이 이 나라 경제를 위해 몸 바친 게 벌써 몇 년이던가?

그 정도 고생하고 노력했으면 보상은 당연한 거다.

세금이 어쩌고, 노동의 대가가 어째?

지랄도 유분수다.

사업이란 자고로 이익을 내는 게 목적이다.

그 이익이 무슨 자기들을 위해서 존재하는 줄 아나?

모든 이익이란 바로 장사를 하는 사람의 몫이다.

아래에서 일하는 것들은 그저 입에 풀칠이나 하고 살면 다행인 줄 알아야 한다.

그렇지 않고서야 이렇게 죽을 고생을 하면서 기업을 일굴 의미가 없지 않은가?

대번을 이 위치까지 올리기 위해 강경억은 최선을 다했다.

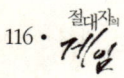

사람들은 마치 유치원생들처럼 세상을 선과 악으로 구분하는데, 진짜 세상엔 그런 거 없었다.

이 잔인한 세상에선 오직 살아남은 사람만이 선이고, 정의니까.

"흐휴!"

잠시 생각을 정리하고 있을 때였다.

똑똑-

"회장님, 손님이 오셨습니다."

기다리고 있던 사람이었다.

"들어오라고 해."

철컥-

문이 열리고 들어온 사람은 말끔하게 양복을 차려입은 사내였다.

"회장님."

사내가 정중하게 인사를 했다.

"그래. 앉지."

강경억은 젊어 보이는 사내에게 자리를 권했다.

굵은 목이 인상적인 사내였다.

"이거 아무래도 내가 손을 놓고 있을 수가 없어서 말이야."

강경억이 자리에 앉으며 한 말이었다.

그가 말을 이었다.

"요즘 일 돌아가는 걸 보면 참 가관이더군. 이래서 아랫사람한테 일을 맡겨 놓는 게 마음이 편하지가 않아."

"이종준 전무 말씀이시군요."

목이 굵은 사내가 강경억을 보며 한 말이었다.

"그래. 노영인이 풀려나온 것도 그렇고, 이인호 사건이 다시 들춰지는 것도 그렇고. 무슨 일이 매듭이 안 되나?"

강경억의 말에 잠시 머뭇거린 목 굵은 사내가 조심스럽게 말을 꺼냈다.

"이종준 전무가 이 일에서 손을 떼기를 원하십니까?"

그러자 강경억이 얼굴에서 표정을 지우며 물었다.

"자네라면 확실히 매듭지을 수 있겠어?"

"저희가 어떤 능력을 가지고 있는지 알고 계시지 않습니까?"

강경억이 고개를 끄덕였다.

잠시 생각을 정리한 목 굵은 사내가 말했다.

"진즉에 연락을 주시지 그랬습니까? 회장님."

"내 손에서 해결할 수 있는 일들이었어. 자잘한 일을 다른 사람 손에 맡겨 버릇 했다면 내가 여기까지 올라올 수 있었겠나?"

말을 한 강경억의 표정이 그다지 밝지가 않았다.

"뭐 걸리는 거라도 있으십니까, 회장님?"

"걸리긴 무슨. 뭐, 나도 자네 쪽 도움이 아니었다면 사업에서 여러 번 어려움을 겪을 뻔했잖아."

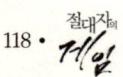

"후후후! 그렇게 생각해 주시니 감사합니다. 저희 의원님께서도 항상 회장님을 가족처럼 생각하라고 하셨습니다."

가족.

언제부터 가족이 무한한 대가를 바라고, 끔찍한 충성을 바라나?

하지만 어쩔 수 없는 일이다.

오랜 기간 사업을 해 오면서 느낀 바지만, 이종준같이 실패하는 놈을 가만두면 그 화살이 자신에게까지 날아오게 마련이었다.

이럴 땐 어쩔 수 없이 이들을 이용할 수밖에.

"어쨌든 이번에도 신세를 좀 져야겠군."

"여부가 있겠습니까? 걱정하지 마십시오, 회장님."

목이 굵은 사내가 옅은 미소를 지었다.

※ ※ ※

탁탁-

이민준은 손을 털었다.

따로 대여한 창고에 서류를 모두 옮기고 나니, 어느덧 밤 11시가 넘은 시간이었다.

박군두는 충청도 창고에서 짐을 옮기는 걸 도와주고는 헤어졌다.

천안에 도착해서 생각난 건데, 차라리 혼자 서류를 옮기는 게 더 빨랐을 것 같았다.

향상된 육체 능력 덕분에 움직이는 속도가 매우 빨라졌기 때문이다.

물론 그렇다고 해서 박군두에게 가라고 했어도 그는 그냥 가지 않았을 거다.

박군두의 성격이었다면 직접 나서서 짐을 옮겨 주겠다고 했을 테니 말이다.

"후우."

이민준은 창고 한편에 쌓아 놓은 서류를 눈으로 훑었다.

컨테이너에는 꽤 많은 서류가 있었는데, 그게 거의 1톤 트럭의 짐칸을 반 정도 채울 만큼의 분량이었다.

시간을 끌어서 무얼 할까?

탁! 차르륵-

이민준은 가장 먼저 손에 잡히는 서류들부터 확인했다.

이 서류 중 아버지나 정일석과 관련된 서류가 있는지를 찾아야 했다.

혹은 목소리가 저지른 범죄 중에 대번과 연관이 있는 사건이 있는지도 말이다.

차르륵-

서류들은 대부분 살인이나 절도, 혹은 협박 등을 준비하기 위한 자료들로 이루어져 있었다.

'꽤 열심히 모았네.'

건물의 청사진이나 설계도, 혹은 동네에 대한 특징이나 마을 사람들에 대한 내용까지 조사를 꽤 샅샅이 한 거 같았다.

목소리가 보통의 살인 청부업자는 아니구나 하는 생각이 들었다.

그렇게 대략 30분 가까이 서류를 확인했을 때였다.

달그락-

다음 서류철을 집어 들었다.

"음?"

순간 눈이 크게 떠졌다. 서류철에 세밀 정밀의 이름이 쓰여 있었기 때문이다.

'이거다!'

심장이 쿵! 하고 울렸다.

드디어 아버지와 관련된 서류를 찾은 거다.

차라락-

이민준은 서둘러 서류를 펼쳐 보았다.

〈세밀 정밀이 생산하는 품목은 자동화와 관련된 것들이었다.

함선이나 자주포처럼 복합적인 장비에 사용되는 자동 장전 시스템이나, 탄약 운반 시스템 같은 것들 말이다.〉

차락-

이민준은 서류를 보며 고개를 끄덕였다.

아버지가 운영하던 회사다.

이민준 또한 세밀 정밀이 어떤 종류의 제품을 생산하는지에 대해서는 어렴풋이 알고 있었다.

차라락-

목소리가 정리한 서류에도 그런 부분들이 자세하게 정리되어 있었다.

특별할 것 없는 자료라는 뜻이었다.

그러다 문득 의문이 들었다.

고작 이 정도 기술 때문에 아버지를 살해했다고?

아버지가 보여 준 환영을 본 이후, 아버지가 살해당했다는 이유만으로 조금은 감정이 격양되어 있었다.

그 때문이었는지 살해 동기에 대해서는 그다지 관심을 가지지 않았던 것 같았다.

그러다 다시금 관련 서류를 보고 나니 이상한 점이 많았다.

기업이 이익을 위해 살인을 자행했다면 그에 합당하는 거대한 무언가가 있어야 옳았다.

그렇지 않고서야 대기업 입장에서 위험이 큰 행동을 함부로 할 리가 없을 테니까.

하지만 아무리 훑어보아도 세밀 정밀에는 그럴 만큼의 매력이 보이지 않았다.

 자동 장전 시스템 같은 건 경쟁 회사들도 충분히 만들 수 있지 않은가?

 그렇다고 경제적 이득이 엄청난 것도 아니고.

 '대번 같은 재벌 기업이 고작 이 정도의 회사를 죽이기 위해 아버지를 살해했다는 건가?'

 이해가 되지 않았다.

 고개를 갸웃한 이민준은 서류 상자로 시선을 옮겼다. 뭔가 이유를 더 찾아봐야 할 것 같았다.

 탁! 차르륵-

 이민준은 같은 상자 안에 들어 있는 다른 서류를 꺼내어 훑었다.

 '음?'

 그러다 눈에 띄는 항목을 찾았다.

〈나노테크놀러지를 이용한 로봇 기술〉

 '나노 기술?'

 오래전부터 유행처럼 사용되던 단어다.

 나노란 국제단위계에서 10억분의 1을 나타내는 단어인데 산업 쪽에선 엄청나게 작은, 즉 눈에 보이지 않을 만큼 작은 것을 만들어 내는 기술을 말하기도 했다.

'설마 아버지가?'

이민준은 서둘러 자료를 확인했다.

눈이 크게 떠졌다. 실로 놀라운 내용이 담겨 있었기 때문이다.

나노 기술을 이용한 첨단 슈트, 공기 중에 전파되는 나노 로봇을 이용한 신체 반응에 관한 연구 등.

'아버지가 이런 기술을 개발하고 계셨다고?'

해당 기술은 아직 상용화가 되지 않은, 즉 아버지의 연구실에서 연구 중인 기술들이었다.

이민준은 더욱 빠르게 서류를 확인했다.

그리고 나서야 아버지의 기술이 완성 단계에 가까워졌음을 알게 되었다.

그래. 이거였구나.

대번이 욕심을 내고 있었던 기술.

아버지가 연구하고 있던 나노 슈트와 나노 로봇은 공학적 기술뿐만 아니라 생명과학과도 연관이 있는 분야였다.

물론 이민준이 그 모든 분야를 알고 있는 건 아니었다.

단지 인터넷 뉴스나 과학 뉴스를 통해서 알고 있는 정도였으니까.

하지만 그럼에도 아버지의 기술이 보통의 기술이 아님은 알 것 같았다.

그럴 만큼 대단한 기술인 거다.

역시 아버지였다.

그렇게 생각하니 울컥하는 기분이 들었다.

'망할 자식들! 이런 대단한 인재를 자신들의 욕심 때문에…….'

빠득-

이민준은 솟구치는 화를 참기 위해 강하게 주먹을 쥐었다.

언제나 회사 일로 눈코 뜰 새 없이 바쁘셨던 아버지다.

종종 집에까지 일거리를 가지고 와서는 밤잠을 줄여 가며 일에 몰두하기도 했고 말이다.

한마디로 목소리의 서류 안에 든 기술들은 모두 아버지의 열정이고, 아버지의 노력이란 소리였다.

그런데 그런 열정과 노력을 거저먹으려 들어?

아니, 거저먹었지.

이인호의 목숨과 이민준의 미래까지 앗아 가면서!

더러운 도적놈들!

빠직!

저도 모르게 내지른 주먹에 그만 창고의 바닥이 부서지고 말았다.

'이런.'

순간적인 몰입에 흥분이 과했던 모양이었다.

"후우."

이민준은 깊게 숨을 내뱉으며 두근대는 심장을 진정시켰다.

생각할수록 화가 나는 놈들이다. 알아 갈수록 더러운 구석이 많은 놈들이고 말이다.

하지만 그렇다고 벌써부터 감정에 휩싸여 일을 그르쳐서는 안 되는 거다.

물론 마음 같아서는 당장 달려가서 이 일과 관련된 놈들의 목을 돌려 버리고 싶었다.

그럴 만큼의 육체 능력도 충분하거니와 명분 또한 확실하니까.

'아니, 아니지.'

이민준은 고개를 흔들었다.

더욱 확실하게 놈들의 실체를 밝혀내야 한다.

이번 일을 명령한 놈이 누구인지, 그리고 이 일에 동조한 자가 누구인지를 철저하게 조사해야 했다.

당연한 이야기지만 이민준은 이 추리의 끝에는 분명 대번이 있다고 생각했다.

하지만 언제나 그렇듯 확실한 증거가 없다면 의미가 없어진다.

으득-

이민준은 어금니를 굳게 깨물었다.

'기필코 네놈들의 역겨운 가면을 벗겨 내 주마.'

결심을 굳힌 이민준은 서둘러 다른 서류들도 훑어보았다.

탁-
서류를 덮었다.
시간은 어느덧 새벽 2시를 향해 달리고 있었다.
두근- 두근-
심장은 여전히 고동치고 있었다. 서류 중에서 정일석과 관련된 내용을 찾았기 때문이다.
'아버지의 사업과 정일석의 프로그램이 연관 관계가 있었다는 거잖아.'
정일석과 관련된 서류에는 분명 그런 내용이 담겨 있었다.
즉, 아버지의 기술이 하드웨어라면 정일석의 프로그램은 아버지의 장비를 움직이게 만드는 소프트웨어인 셈이었다.
이민준은 고개를 흔들었다.
정말 치밀하고 무서울 정도로 이익을 추구하는 집단.
이 일의 뒤에 숨은 자들이 바로 그런 자들이다.
스슥-
이민준은 마지막 상자를 쳐다봤다.
지금까지 확인한 자료들로는 고작해야 목소리가 청부 살인업자라는 걸 밝히는 수준밖에 되지 않았다.

"후우."

한숨이 절로 나왔다. 기대가 컸기 때문이었다.

사실 이번에 얻은 자료를 통해서 대번의 범죄를 밝힐 만한 증거 자료가 나오길 기대하고 있었다.

하지만 고작 이 정도라니.

'결국, 이걸 숨기려고 자살까지 한 거야?'

아니, 그렇진 않을 거다.

분명 더욱 큰 것을 감추기 위해 그런 행동을 했을 것이다.

"흐음."

이민준은 마음을 진정시키며 마지막 상자를 열었다.

"뭐지?"

잘그락-

지금까지 확인한 상자들은 모두 종이 서류로 가득 들어차 있기만 했었다.

하지만 이건…….

자그락- 자락-

메모리 카드다.

USB와 메모리 카드, 그리고 외장 하드까지.

"오호!"

뭔가를 제대로 찾아냈다는 감이 들었다.

이민준은 서둘러 트럭으로 가서는 자신이 가지고 다니는 노트북을 꺼내 왔다.

상자 안에 든 건 디지털 자료다.
더군다나 그 숫자도 꽤 많았다.
어쩌면 여기에 결정적인 단서들이 있을지도 몰랐다.
위이잉-
이민준은 떨리는 가슴을 진정시키며 노트북의 전원 버튼을 눌렀다.

「정확하게 시간을 지켜야 하네.」
「믿으세요. 제가 언제 실수한 적 있습니까?」
「99번 잘하면 뭐하나? 한 번의 실수로 모든 게 결딴 날 수 있어. 자네나 나나. 알지?」
「후후! 그런 것도 모르면서 이 일을 하겠습니까?」
「잘해. 함부로 연락하지 말고.」
「알겠습니다, 전무님.」
「참! 그리고 항상 조심해야 해. 작은 실수로 꼬리가 걸리기라도 하면 가만 안 둬. 네가 소중히 여기는 것들, 다 끝나는 거야.」
「큼! 알겠습니다.」
「우우웅- 자그락-」

띠릭-
영상은 거기까지였다.

"네놈이었구나."

이민준은 다시금 영상을 뒤로 돌렸다.

고작 다섯 번째 영상 만에 찾은 내용이었다.

그리고 그 내용에는 바로 이인호를 죽이라는 살해 지시와 관련된 확실한 영상 증거가 포함되어 있었다.

탁-

이민준은 영상을 다시 실행시켰다.

「이인호, 그자의 죽음, 사고사로 꾸며야 해. 확실하게.」
「제 전문입니다. 걱정하지 마세요.」

화면 속에서 대화를 나누고 있는 사람은 다름 아닌 티엘 인터내셔널의 이종준 전무와 목소리였다.

이종준이 지시를 내렸고, 목소리가 몰래 촬영을 하면서 지시를 받고 있었다.

비록 어두운 장소였지만 이종준의 얼굴만큼은 확실하게 알 수 있었다.

목소리는?

녀석은 목소리만으로도 알 수 있는 거니까.

이민준은 화면이 뚫어져라 쳐다봤다.

이종준.

저자란 말이지?

이건 이종준의 명백한 살해 지시다.

타닥- 타다닥-

이민준은 서둘러 다른 자료들도 확인했다.

"이거!"

그리고 그 파일은 다름 아닌 은행 거래 내역서였다.

제임스.

개설 계좌에 적힌 이름이었다.

타다닥-

다른 자료에 있는 계좌에도 제임스라는 이름이 사용되었다.

그렇다는 건 목소리의 이름이 제임스라는 뜻일 거다.

'그래! 내가 찾고 있던 자료들이다!'

이 자료들을 철저하게 파헤쳐 보면 이종준의 죄가 증명될 거다.

이민준은 빠르게 생각을 정리했다.

그렇다면 이종준이 아버지 살해의 범인인 걸까?

고작 티엘의 전무가?

고개를 흔들었다.

아버지의 죽음과 정일석의 죽음으로 가장 이익을 본 집단은 다름 아닌 대번이다.

그런데 이종준이 뭐하러 그런 위험을 무릅쓰며 앞에 나섰을까?

그렇다는 건 이종준도 누군가의 지시를 받고 움직였다는 뜻일 거다.

그리고 이종준 정도의 인물을 움직일 수 있는 사람이라면?

강경억.

대번의 회장이다.

대략적인 추측은 그랬다.

그러나 어디에도 증거는 없었다.

"흥."

하지만 이민준은 그 부분을 크게 걱정하지 않았다.

이종준의 정확한 범죄 사실을 잡아냈다.

목소리도 분명 이종준에게 뭔가를 붙잡혀 있긴 했던 것 같았다.

그러니 이렇게 빠져나갈 구멍을 만들어 놨겠지.

달칵-

이민준은 메모리 카드를 손에 쥐었다.

이종준을 찾아가서 이 영상을 보여 줄 생각이었다.

놈을 제대로 심문해서 이 일에 책임이 있는 자들을 모조리 뽑아낼 생각이었다.

'넌 잘못 걸렸어.'

마음을 가라앉힌 이민준은 더 많은 증거를 찾아내기 위해 디지털 자료들을 훑었다.

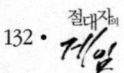

✦ ✦ ✦

이종준은 서울 외곽에 있는 공터에 차를 세웠다.
"후우."
담배를 크게 빨아들인 다음 꽁초를 창밖으로 던졌다.
시간을 확인했다.
새벽 3시 34분.
'이게 뭐하는 지랄인지.'
그는 손으로 얼굴을 쓸었다.
결국, 우려하던 사태가 벌어지고 말았다.
'제임스……. 프로라는 놈이 그렇게 죽어?'
예상하던 일들이 빗나가고, 좋지 않은 일들이 벌어지는 것.
그것만큼 짜증 나는 게 없는 거다.
우우웅! 자그락-
때마침 공터로 자동차 한 대가 들어섰다.
끼이익-
조심스럽게 들어온 검은색 세단은 이종준의 차 옆에 차를 세웠다.
탁-
운전자를 확인한 이종준이 차에서 내렸다.
달칵-

반대편 차에서도 사람이 내렸다.

운동복 차림의 사내였다.

"선배님."

사내가 다가오며 인사했다.

"태수, 이것 참. 미안하네."

이종준은 상대와 악수를 했다.

진태수.

경찰청 고위급 간부였다.

그리고 그는 이종준이 꾸준하게 돈을 들여 키워 놓은 경찰 쪽 연결선이기도 했다.

"그래. 가지고 왔나?"

부스럭- 부스럭-

이종준의 말에 진태수가 품 안에 넣어 두었던 물건을 꺼내었다.

경찰 마크가 찍힌 비닐봉지였다.

"신원 미상으로 들어온 시체의 소지품입니다. 제가 확인한 바로는 제임스가 맞았습니다."

제임스.

업계에서는 목소리로 불리는 청부 살인업자였다.

"그래. 그렇군. 고생했어."

"선배님, 이건 증거 자료입니다. 빨리 확인하시고 돌려주셔야 합니다."

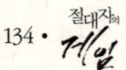

진태수가 걱정이 가득 담긴 얼굴을 했다.

그렇겠지.

아무리 고위 경찰 간부라도 이런 증거 자료를 분실하게 만들 수는 없는 거였다.

이종준은 고개를 끄덕이며 말했다.

"걱정하지 말게."

그때였다.

사라라락-

한차례의 갑작스러운 바람이 불면서 주변 나무와 풀들이 흔들렸다.

"뭐, 뭐야?"

이종준과 진태수가 빠르게 주변을 둘러보았다.

별다른 일은 벌어지지 않았다.

"후우! 바람이었나 봅니다."

"그런가 보네."

"어쨌든 선배님, 최소한 내일까지는 돌려주셔야 합니다. 아니면 제가 곤란해집니다."

"그래. 걱정하지 말게."

"그럼 가 보겠습니다."

탁- 우우웅!

인사를 한 진태수가 서둘러 공터를 빠져나갔다.

"젠장."

찰각-

담배를 꺼내어 불을 붙인 이종준은 신경질적으로 담배를 빨아들였다.

'망할 자식! 갑자기 죽는 바람에…….'

제임스는 분명 무언가를 숨기고 있었다. 그리고 그게 무언지는 모르지만 어떻게든 찾아내야 했다.

무리해서라도 진태수에게 제임스의 소지품을 가져다 달라고 했던 이유였다.

'제길.'

막 담배를 끄고는 자동차로 다가가려 할 때였다.

후으윽-

다시금 바람이 일었다.

"뭐야?"

뒤를 돌아보려는 순간,

"이종준, 함부로 움직이지 않는 게 좋아. 네 몸뚱이에 상처가 나면 곤란하거든."

상대의 목소리는 싸늘하기만 했다.

"누, 누구?"

이종준은 마치 온몸이 마비되는 것 같은 기분이었다.

제5장

르이벤

탁-

이민준은 노트북을 닫았다.

시간을 확인했다.

어느덧 새벽 6시가 가까워져 오고 있었다. 게임 접속 시간이 얼마 남지 않았다는 뜻이었다.

"으잣!"

양팔을 벌려 기지개를 크게 켰다. 또다시 밤을 새웠지만 피곤함은 전혀 느껴지지 않았다.

'이틀 연속 잠을 안 자도 상관이 없다는 건가?'

역시나 육체 능력의 향상이 가져다주는 혜택 중 하나인 것 같았다.

부스럭- 부스럭-

이민준은 책상에 모아 놓은 자료들을 정리했다.

창고에서 자료들을 가지고 집에 들어왔을 때가 새벽 3시 30분쯤이었다.

그때 이후로 줄곧 집에서 이종준에 관한 자료를 정리했다.

타닥-

이민준은 두툼한 서류 뭉치를 손으로 두드렸다.

목소리는, 아니 제임스는 이종준의 발목을 잡을 만한 자료들을 꽤 많이 모아 두고 있었다.

영상 자료와 날짜를 맞춘 이종준의 은행 우회 계좌부터 시작해서 여러 정황을 제대로 연결해 놓은 거다.

이종준도 바보는 아니었기에 직접적인 발자취는 남기지 않았다.

하지만 제임스 또한 그런 걸 잘 알고 있었던지 논리적인 연결선을 꽤나 잘 정리해 놓았다.

이종준을 압박하기에는 충분한 자료라는 소리다.

'이 정도면 이종준도 입을 다물고 있지는 못하겠지?'

만약 그랬다가는 다시는 감옥에서 나오지 못하게 만들어 줄 생각이었다.

이민준은 고개를 끄덕였다. 밤을 새워 가며 노력한 결과가 만족스러웠기 때문이다.

날이 밝는 대로 이종준을 찾아갈 생각이었다.
'그건 그렇고……'
시간은 어느덧 새벽 6시였다.
게임에 접속할 시간이었다.
스슥-
이민준은 고글을 꺼내 썼다.
오늘 접속 게이트가 열린 곳은 아파트 근처였다.
철컥-
운동복으로 갈아입은 이민준은 아파트를 나섰다.

후으윽!
게임 세상에도 어둠이 내려와 있었다.
밤하늘에는 별들이 가득 들어차 있었고, 주변으로는 차가운 공기가 맑고 투명하게 자리 잡고 있었다.
이민준은 잠시 주변을 둘러보았다.
'북부의 밤이라, 이거지?'
두 개의 달이 뜬 밤에 보이는 창백한 산의 모습은 역시나 판타지 세상이라는 생각이 들 정도로 아름다웠다.
물론 이건 단순한 아름다움이 아니었다.
어딘지 모르게 쓸쓸함과 아련함이 느껴지는 감정적 아름다움 같은 거였다.
마치 유럽의 어느 산골 마을에 와 있는 기분이라고 해야 할까?

"흐음."

이민준은 마음을 정리했다.

요새 들어 여러 가지 감정을 느끼는 것 같았다.

하지만 그렇다고 해서 중심이 흔들려서는 안 된다.

이럴 때일수록 정신을 바짝 차리고 앞을 향해 똑바로 나아가야 한다.

그래야 아버지의 복수도 할 수 있고, 이곳 게임 세계도 구해 낼 수 있을 테니 말이다.

그리고 그 모든 것이 이민준에겐 매우 중요한 일들이었다.

달칵-

"어? 왔어요?"

문으로 열고 들어서자 앨리스가 가장 먼저 반겨 주었다.

"아웅! 오빠 왔네. 으흐! 나도 모르게 잠이 들었지 뭐야."

"후후! 우리 루나가 많이 졸린 모양이구나. 마차 안에서 푹 자면 되겠네."

"네네, 카소돈 님. 흐! 그렇지 않아도 그럴 생각이에요. 제가 괜히 고급 마차를 만들었겠어요?"

"여행하면서 푹 잠자려고 저 마차를 만든 거야?"

"어머! 에리네스 언니! 꼭 그런 것만은 아니지만… 으흐흐! 그런 의도가 강하긴 하죠. 헤! 전에 마차 여행할 때 불편해서 죽는 줄 알았거든요."

"호호호! 이럴 때 보면 루나는 참 깐돌이 같아."

"깐돌이요?"

"응. 뭐랄까? 똘똘한 사람을 똘똘이라고 부른다면 똘똘하고 깐깐한 사람을 깐돌이라고 부르는 거지."

"그거 에리네스 언니가 직접 만든 단어예요?"

"아니야. 나도 어디선가 주워들은 거야."

"으흐흐! 그렇구나. 깐돌이. 뭐, 나쁘지는 않네요."

"후후."

이민준은 일행들을 보며 저도 모르게 웃고 말았다.

뭐랄까? 즐거운 가족 같은 모습이라고 해야 하나?

서로 만난 지 그리 오래되지 않은 사람들이었지만, 이들은 게임 세상에서 서로 의지하며 하나의 가족이 되어 가는 것 같았다.

짝-

이민준은 양손을 부딪치며 말했다.

"자! 출발할까요?"

"그래요. 그래야지요. 가야 할 길이 만만치 않으니 서두릅시다."

카소돈이 가장 먼저 자리를 털고 일어났다.

"현실 세계에는 별일 없죠?"

이민준을 만난 이후로 많이 밝아진 앨리스가 웃는 얼굴로 현실에 관해 물었다.

　예전 같았으면 꺼내지도 않았을 이야기지만, 지금은 부담을 많이 줄였다는 뜻일 거다.

"특별한 일은 없어요."

"그렇구나."

앨리스가 이민준의 팔에 팔짱을 꼈다.

"우우."

뒤에서 루나의 야유 소리가 들렸지만, 신경 쓰지 않았다. 좋은 건 좋은 거니까.

타닥-

밖으로 나온 일행이 차례대로 마차에 올랐다.

달그락- 달그락-

크마시온은 당연히 마부석이었고,

((흐어어.))

섀도우 나이트는 어둠 속에 몸을 감추며 일행을 에스코트할 예정이었다.

'괜찮은 건가?'

이민준은 문득 섀도우 나이트의 기운에서 무거운 기분을 느꼈다.

"섀나, 무슨 일 있는 거야?"

((아닙니다. 아무 일도 없습니다.))

이민준은 고개를 흔들었다.

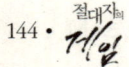

다른 사람도 아닌 섀도우 나이트를 직접 소환한 장본인이다. 이민준만큼은 섀도우 나이트의 감정을 숨김없이 느낄 수 있다는 거다.

"그런 거 같지 않은데? 너한테서 큰 걱정이 느껴지는걸?"

((그게……. 사실은 혼란스럽습니다. 분명 제가 알지 못하는 무언가가 이곳 북부에 있는데, 그걸 찾지 못한다는 게 화가 나고 짜증이 납니다.))

"그렇구나."

이민준은 고개를 끄덕였다.

섀도우 나이트 입장에선 충분히 그럴 만한 일이었다.

처음부터 북부와 관련된 퀘스트에는 탐탁지 않은 부분이 존재하고 있었다.

그리고 그런 부분들은 분명 섀도우 나이트와 연관이 되어 있기도 했고 말이다.

'대체 뭘까?'

섀도우 나이트만큼이나 이민준도 미친 듯이 알고 싶었다.

하지만 지금 당장은 알 방법이 없었다.

이민준은 섀도우 나이트를 보며 말했다.

"난 너의 주인으로서 최선을 다할 거야. 숨겨진 이야기가 있다면 어떻게든 내가 알아낼 거고. 그러니 너는 나만 믿으면 되는 거야. 알았지?"

((흐어어! 알겠습니다.))

그제야 섀도우 나이트의 무거운 기운이 조금은 가벼워진 것 같았다.

믿고 따를 수 있는 주인이 있다는 것.

그런 감정이 섀도우 나이트를 안심시켜 주는 거다.

모두가 마차에 오른 걸 확인한 후였다.

탁-

이민준은 마차의 문을 닫았다.

그러고는,

털썩-

마부석으로 올라 크마시온의 옆자리에 앉았다.

"으악! 주인님!"

크마시온이 화들짝 놀라며 눈알을 떨었다.

"왜? 내가 여기 앉으면 안 돼?"

"아, 아니요. 그런 건 아니지만, 밖이 상당히 춥습니다. 불편하기도 하고요. 편안한 객실에서 여행하시지요."

"아니야. 나도 여기에 타고 싶었어."

"그, 그렇습니까?"

"물론이지. 그리고 또 한 가지. 사실 너랑 상의를 좀 해야 할 게 있어."

"저랑요?"

크마시온이 의외라는 듯 고개를 갸웃했다.

'후후! 짜식.'

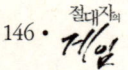

이민준은 미소를 지으며 말했다.

"너만큼 지식에 밝은 존재도 없잖아. 사실 섀나 일로 마음이 좀 무거웠는데, 그 부분을 너랑 의논하려는 거지."

"오오! 저를 그만큼 신뢰하시는 겁니까?"

"당연히 널 신뢰하지. 간간이 예상치 못한 일로 사람을 놀라게 하긴 하지만, 그래도 난 크마시온을 믿는다고."

"아아, 주인님."

크마시온이 감동했다는 듯 턱을 달그락거렸다.

"일단 출발하자. 가면서 이 문제를 함께 풀어 보자고."

"알겠습니다! 여부가 있겠습니까?"

크마시온이 손을 들어 마치의 조종간에 올렸다.

그러고는,

"출발합니다!"

츠팟! 드르륵-

자신의 마나를 이용해 마차를 출발시켰다.

이민준은 눈앞에 뜬 마법 목록을 보며 물었다.

"그러니까 이게 북쪽과 관련된 역사서들이라는 말이지?"

"그렇습니다, 주인님. 제가 각 지역을 돌아다니며 마법으로 복사해 놓은 역사서입니다."

크마시온이 마법을 이용해서 보여 준 역사서 목록에는 무려 천여 권이 넘는 책 제목이 나열되어 있었다.

"넌 이걸 다 본 거야?"

"으윽! 아닙니다. 저는 주인님 같은 능력이 없습니다. 아무리 노력해도 역사서의 10퍼센트도 못 보겠더라고요. 그래서 지금도 차곡차곡 읽어 가고는 있습니다."

이민준은 고개를 끄덕였다.

아무리 크마시온이 천재라고 해도 이민준이 가진 두뇌 능력만큼은 따라올 수 없는 거였다.

그럴 만큼 현실 능력치를 올려 얻은 두뇌 능력은 대단한 거였으니까.

하지만 그렇다고 해도…….

"후우."

이민준은 깊은숨을 내뱉었다.

아무리 대단한 능력을 가지고 있다고는 해도 천 권이 넘는 책을 훑어보려면 시간이 많이 소비되긴 할 거다.

'차라리 컴퓨터처럼 검색 기능이라도 있다면…….'

씁쓸한 기분이 들었다.

하지만 어찌겠는가?

이번 퀘스트를 확실하게 해결하기 위해선 어떻게든 정보를 모아야 하는 거다.

결심한 이민준은 크마시온이 만들어 준 마법 책을 하나하나 훑어보기 시작했다.

스륵- 스륵-

눈앞에 뜬 역사서를 빠르게 훑었다.

얼마 되지 않은 시간이었지만 어느덧 70여 권이 넘는 책을 확인하는 중이었다.

이민준은 빠르게 습득한 역사적 지식을 이용해 머릿속에 연관 단어를 설정했다.

북부에서 칭송받다가 그 존재가 사라진 기사나, 혹은 왕과 관련된 단어가 그 첫 번째였다.

두 번째는 저주받은 지역, 즉 아메 카이드만이었다.

이민준은 이번 퀘스트와 관련된 부분을 역사서에 접목하고 있었다.

그리고 그런 방식으로 찾아보니 북부에서 실종되거나 사라진 기사나 왕이 그다지 많지 않음을 알 수 있었다.

꽤 오랜 역사를 가지고 있었음에도 말이다.

또한 그렇게 찾은 인물 중에서도 이번 퀘스트 지역인 아메 카이드만과 관련이 있는 사람을 찾아보니 한 손에 꼽을 정도밖에 되지 않았다.

그걸 깨닫고 나서야 이민준은 역사서의 종류를 파악하며 저주받은 지역에 관한 역사서를 우선으로 훑어보았다.

그렇게 대략 30여 분을 검토한 후였다.

〈북부의 사라진 왕, 르이벤〉

가장 관심이 끌리는 인물이었다.

그는 할루스가 봉인되기 이전 시대에 살았던 사람이었다.

'개척 왕이라······.'

척박한 지역으로 널리 알려진 곳이 바로 북부다.

그런 북부에 정착하여 이곳에서 삶의 터전을 일구어 준 인물이 바로 르이벤이었다.

개척 왕이자 정착 왕인 르이벤.

엄청나진 않지만 놀라운 전적을 가진 자였다.

'따지고 보면 북부의 시초가 된 왕 중 하나이기도 하잖아?'

그건 대단한 역사다.

하지만 그럼에도 많은 역사서에는 그에 대한 언급이 되어 있지 않았다.

대체 무엇 때문일까?

역사서에 이름을 남길 만한 왕이었지만, 그 존재가 미미한 사람.

분명 거기엔 이유가 있을 것이다.

이민준은 그 점에 주목했다.

그리고 그런 방식으로 대략 50여 권의 책을 더 찾고 나서야 르이벤의 또 다른 발자취를 간신히 찾아낼 수 있었다.

〈아메 카이드만으로 사라진 정착 왕 르이벤〉

고작해야 종이 한 장 제대로 채우지 못한 내용이었다.

그럴 만큼 르이벤에 대한 역사는 짧았다.

왜? 무엇 때문에 역사가들은 르이벤에 대한 기록을 꺼렸을까?

그렇게 생각하는 도중이었다.

'이건?'

이민준은 몇 줄 안 되는 그의 역사에서 시선을 끄는 문장을 찾을 수 있었다.

〈불길한 힘을 가진 검은 비석에 홀려 나라를 버린 르이벤은 아예 카이드만으로 떠난 후 다시는 돌아오지 않았다.〉

'검은 비석이라……'

이민준은 고개를 갸웃했다.

검은 비석이라면 멸망 녀석이 이 세상에 나타났을 때의 바로 그 모습이다.

그런데 르이벤이 그런 검은 비석에게 영향을 받았다고?

"흐음."

어쩌면 멸망은 꽤 오랜 역사 동안 이곳 세계에서 모습을 드러내고 있었는지도 몰랐다.

아무래도 이 부분에 대해서는 더욱 철저하게 조사를 해 봐야 할 것 같았다.

스슥- 스슥-
그렇게 역사서를 검토하고 있을 때였다.
"주인님, 저 앞에 마을이 하나 있습니다."
"음?"
이민준은 크마시온이 손짓하는 곳을 바라보았다. 언덕 아래로 달빛에 비친 마을의 모습이 어렴풋이 보였다.
'뭐지? 여기에는 마을이 없을 텐데?'
이상한 일이었다.
이민준은 서둘러 지도를 활성화시켰다. 역시나 지도에 표시된 마을이 아니었다.
이전에 들른 폐허가 된 마을도 그랬거니와, 지도에 표시도 안 된 마을을 발견하고 나니 찝찝한 마음이 들었다.
"크마시온, 저쪽에 마차를 세워."
"알겠습니다."
끼이익-
크마시온이 마차를 세웠다.
탁!
마차에서 뛰어내린 이민준은 마차의 문을 열고 자신을 쳐다보고 있는 일행에게 말했다.
"일단은 다들 여기서 기다리고 있으세요. 저 마을은 제가 확인해 보겠습니다."
"조심하세요."

"무슨 일이 있으면 바로 신호를 줘요."
"그렇게 하겠습니다."
대답한 이민준은 마을을 향해 빠르게 달려 나갔다.

챙!
오른손엔 블랙 스노우를 꺼내 들었고,
탈칵-
왼손엔 방패인 블랙 스톰을 착용하여 방어력을 높였다.
만약의 사태에 대비해야 하는 건 당연한 일이니까.
후우욱-
이민준은 주신의 기운을 끌어 올렸다.
화윽- 화윽-
그러자 후끈한 열기가 온몸을 강하게 휘감아 돌았다.
무려 8단계에 이른 절대자의 자격이다. 그 어떤 상황에서도 자신감을 가질 수 있는 원동력이었다.
게임 속에서 이민준이 가진 힘은 비단 절대자의 자격만이 아니었다.
그에 버금가는, 아니 모든 왕의 기운이 합쳐진다면 현재 절대자의 자격보다도 막강해질 고대의 미친 일곱 왕의 기운도 가지고 있었다.
하지만 미친 일곱 왕의 기운은 아직 제대로 사용할 수 없었다.

멸망과의 전투에서 과하게 사용하는 바람에 잠시의 휴면기에 들어갔기 때문이다.

그렇다고 부족함이 있을까?

아니, 아쉬움 따윈 없었다.

'이 정도만으로도 충분하다!'

이민준은 고개를 끄덕이며 주신의 기운을 주변으로 퍼트렸다.

마을이 코앞이었다.

타닥-

걸음을 멈춘 이민준은 주변을 자세히 관찰했다.

마을은 어둠과 적막 속에 몸을 감추고 있었다.

그러나 두 개의 달이 뜨는 밤이었기에 창백한 달빛 아래 드러난 윤곽까지는 감출 수 없었다.

'여기도 버려진 마을인가?'

겉으로 보기에는 사람의 기척이 느껴지지 않았다.

허름한 외양과 관리되지 않은 공공 기물들.

하지만 그럼에도 이전 마을과는 달리 완전한 폐허의 모습은 아니었다.

'뭔가가 있어.'

어렴풋이 느껴지는 미묘한 흐름이었다.

후으윽-

이민준은 주변으로 퍼트렸던 절대자의 자격을 회수했다.

혹여 마을 주변에 숨어 있을 적을 찾기 위해 퍼트렸던 기운이다.

쉬이익-

돌아온 기운에는 자신을 위협할 만한 강력한 기운이 느껴지지 않았다.

'음?'

분명 위협 같은 건 없었다. 그럼에도 고개가 갸웃해지는 건 마을을 짓누르고 있는 감정 때문이었다.

불안함과 두려움.

마을에 짙게 깔린 느낌이었다.

이민준은 고개를 끄덕였다.

'누군가 살고 있다는 뜻이구나.'

아무도 없는 마을에서 이런 감정이 느껴질 리가 없었다.

그렇다면 마을을 확인해야 할까?

아니.

고개가 절로 흔들어졌다.

당연한 이야기지만 의미 없는 행동은 하지 않는 게 낫다.

더군다나 일행을 이끌고 모험을 하는 중이라면 더욱 조심해야 했다.

하지만,

후욱- 후욱-

오른손의 상처가 뜨겁게 달아올랐다.

'대체 뭐지?'

주신의 상처로부터 강한 감정이 전달된 것이다.

지금 이민준이 느끼고 있는 감정은 비 오는 날 처마 아래에서 오들오들 떨고 있는 새끼 고양이를 볼 때와 같았다.

안쓰러움.

지켜 주고 싶은 측은지심.

무엇 때문에 이런 기분이 드는 걸까?

후욱- 후욱-

주신의 상처가 더욱 강한 신호를 주었다.

'그대로 발을 돌리지 마라. 그대의 도움이 필요한 이들이 느껴진다.'

이건 분명 보이지 않는 주신의 외침이었다.

'이런.'

이민준은 입술을 잘근 씹었다.

할루스가 이렇게까지 신호를 주는데 그냥 지나갈 순 없는 노릇이었다.

"후우."

크게 숨을 내뱉었다.

그러고는,

저걱- 저걱-

이민준은 마을 안으로 걸어 들어갔다.

후으윽-

여전히 주신의 기운으로 온몸을 보호하며 말이다.

스슥- 스스슥-

마을에 숨어 있는 사람이 있다면 바로 찾아낼 수 있도록 꼼꼼하게 건물과 건물 사이를 확인했다.

그때였다.

스윽-

매우 조용한 소리였다.

감각이 예민하지 않은 사람이 들었다면 그저 야생동물이 내는 미세한 소음 정도로 치부했으리라.

하지만 이민준은 달랐다.

'저기야. 그리고 저기에도 있고.'

주신의 기운을 끌어 올려 향상시킨 시력과 감각으로 마을에 숨어 있는 사람들의 위치를 찾아냈다.

마치 그림자처럼 어둠 속에서 철저하게 몸을 숨긴 사람의 형상이었다.

화옥-

주신의 기운으로 확인한 바로는 저들의 전투력이 그다지 높지 않았다.

그럼에도 쉽게 발견하지 못한 건 저들이 강력한 은신 기술을 사용하고 있었기 때문이다.

'육체가 약한 대신 숨는 기술은 발달했다는 거지?'

그럴 만도 했다.

쉐엥-

이민준은 검을 회수하여 검집에 꽂았다.

위험한 자들이 아니다.

더군다나 주신이 저들을 도와주라고 신호를 보내고 있으니, 그 또한 확인해 봐야 할 것 같았다.

이민준은 크게 소리쳤다.

"저는 여러분을 공격할 의사가 없습니다. 그러니 밖으로 나오세요."

돌아오는 대답은 없었다.

이민준은 다시금 목소리를 높여 말했다.

"저는 전사입니다. 대륙의 공익을 위해 일행들과 여행 중이기도 하고요. 절대로 나쁜 사람이 아닙니다. 그러니 걱정하지 말고 모습을 보이세요."

물론 이런 말을 믿어 줄 사람이 있을까 싶긴 했지만, 그래도 의사를 밝히는 건 중요하니까.

마음 같아서는 빠르게 움직여 숨어 있는 사람들을 낚아챌 수도 있었다. 하지만 그건 명백한 위협 행위였기에 그런 행동은 피하고 싶었다.

잠시의 시간이 흘렀다.

사람들은 여전히 나올 생각을 하지 않았다.

'어쩔 수 없지.'

고개를 흔든 이민준은 사람들이 숨은 곳을 가리키며 말

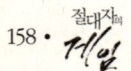

했다.

"거기 키 크시고 머리를 뒤로 묶으신 분, 다 보입니다. 저기에는 야리야리한 몸에 창을 들고 계신 분도 있네요. 또 이쪽에는 활을 들고 손을 오들오들 떨고 계신 분까지. 다 알고 있습니다. 그러니 나오세요."

아니나 다를까?

이민준에게 지목당한 이들의 형상이 부르르 떨렸다. 자신들의 정체가 들켰다는 걸 알고는 화들짝 놀란 것이다.

이민준은 저들에게 잠시 생각할 시간을 주었다.

그러자,

"정말, 정말 저희를 공격하지 않을 건가요?"

어둠 속에서 가녀린 여성의 목소리가 들려왔다.

"그렇습니다. 제 명예를 걸고 약속드리겠습니다."

저걱- 저걱-

어둠 저편에서 발소리가 들렸다. 여린 여성의 형상이 이쪽을 향해 걸어오고 있는 거다.

그리고 달빛에 얼굴을 내비친 여성은,

'음?'

놀랍게도 고양이의 얼굴을 가진 NPC였다.

고양이 여인을 시작으로 다른 이들도 움직이기 시작했다.

스슥- 타닥-

반대편에서 나온 NPC는 개의 얼굴을 가지고 있었다.

저걱-

그리고 활을 들고 있던 NPC는 닭의 얼굴이었다.

"그대는 여행 중인 전사인가요?"

고양이의 얼굴을 가진 NPC가 물었다.

그녀의 이름은 나타샤였다.

"그렇습니다. 한니발이라고 합니다."

"오오! 이런 척박한 곳을 여행하는 전사라니."

굵직한 목소리로 질문한 NPC는 개의 얼굴을 가진 테드라는 사내였다.

"거, 꾸욱! 수인족은 처음 보는 겁니까? 꼭꼭!"

닭의 얼굴을 가진 거스가 고개를 슬쩍슬쩍 움직이며 물었다.

아무래도 이민준의 눈빛이 묘했기에 이런 질문을 하는 것 같았다.

이민준은 거스를 보며 말했다.

"예. 수인족은 처음 만났습니다."

"그렇긴 하겠죠. 대륙에 수인족도 얼마 남지 않았을 테니."

나타샤가 경계를 풀지 않은 채로 한 말이었다.

아무리 상황이 이렇다고 해도 이민준을 100퍼센트 믿을 수는 없을 테니까.

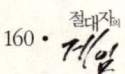

잠시 이민준을 훑어본 나타샤가 물었다.

"그런데 어떻게 이쪽 길로 가시게 된 거죠? 이쪽은 거의 폐쇄된 길이나 마찬가지라 다른 쪽으로 돌아가야 할 텐데요."

"네? 그게 무슨 말이죠?"

"이 길의 끝은 오직 하나뿐, 아메 카이드만이에요. 그래서 누구도 사용하지 않는 길이기도 하고요."

이민준은 고개를 끄덕였다.

자신들은 아메 카이드만을 가는 거니까.

"알고 있습니다."

이민준의 대답에 놀란 나타샤가 자신의 입을 가리며 물었다.

"설마 아메 카이드만으로 가시는 건가요?"

"그렇습니다."

"우와! 세상에!"

"아니! 그 위험한 데는 왜?"

테드와 거스가 호들갑을 떨었다.

다시 한 번 확인하는 거지만, 아메 카이드만이 굉장히 위험한 지역인 건 맞는 것 같았다.

마음을 진정시킨 나타샤가 말했다.

"그렇군요. 이유는 묻지 않겠습니다. 하지만 그렇다고 해도 이쪽은 길도 좁고 고불고불하기만 하답니다. 아메 카이드만을 가셔야 한다면 이쪽이 아닌 저쪽에서 길을 돌아가셨어야 했어요. 이쪽으로 가면 무려 3일 이상 늦으실 거예요."

엥? 이건 또 무슨 소린가?

우리는 분명 맞는 길로 왔…….

그러다 뭔가가 번뜩 떠올랐다.

생각해 보니 아까 마을을 찾을 때 봤던 지도가 조금은 이상하다 싶었기 때문이다.

이민준은 서둘러 지도를 활성화시켰다. 그러고는 지금까지 지나온 길을 확인했다.

그러고 보니…….

마부석에서 북부 지역의 역사를 훑어보느라 놓치고 있었는지도 몰랐었던 것 같았다.

크마시온이 길을 지나쳐 버렸다는 걸 말이다.

'이 자식!'

결국, 적당이가 없이 최선을 다해 앞으로만 달린 크마시온은 달리는 속도를 이겨 내지 못하고 돌아가야 할 길을 직선으로 달리고 만 것이다.

'하아.'

녀석을 만나면 핵 꿀밤이라도 한 대 날려 줄 심산이었다.

그건 그렇고.

이민준은 수인족들을 바라보았다. 저들은 마치 볼일 다

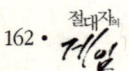

봤으면 그만 돌아가라는 듯한 표정을 짓고 있었다.
 개나 고양이의 표정을 어떻게 아느냐고?
 믿지 않으면 어쩔 수 없지만, 놀랍게도 저들은 정말 그런 표정을 짓고 있었다.
 물론 그게 중요한 건 아니지만 말이다.
 '이걸 어쩌지?'
 이민준은 자신의 오른손을 쳐다봤다.
 발길을 돌릴까 싶은 생각이 들었다.
 하지만,
 후욱- 후욱-
 주신의 상처는 계속해서 강한 신호를 주고 있었다.
 '그대로 발을 돌리지 마라. 그대의 도움이 필요한 이들이 느껴진다.'
 뭔데? 쟤들은 별로 도움을 바라는 표정이 아닌데?
 주신의 뜻을 알기 위해선 다른 이의 도움을 받아야 할 것 같았다.
 그리고 역시나 이럴 땐?
 카소돈의 도움을 받는 게 최고였다.

 달그르륵-
 잠시 기다리는 사이, 마차가 마을로 다가왔다.
 절그럭-

수인족들이 경계의 눈빛을 빛내며 뒤로 물러섰다.

이민준은 고개를 갸웃하며 물었다.

"카소돈 님만 오시면 된다고 했는데요?"

"허허허! 저도 그러려고 했는데, 이 친구들이 죽어도 같이 가야 한다고 주장하지 않습니까?"

마차에서 내린 카소돈이 털털하게 웃으며 한 말이었다.

그때였다.

털컥-

마차의 반대편이었다. 그림자처럼 마차의 벽에 붙어 있던 앨리스가 뛰어내렸다.

"아."

앨리스는 아마도 적의 매복에 대비하기 위해 마차에 매달려 있었던 것 같았다.

적의 위협에 항상 대비하는 자세.

역시나 고레벨 성기사라는 생각이 들었다.

화륵-

그건 마부석에 앉은 크마시온도 마찬가지였는지 몰래 소환했던 파이어볼을 급하게 소멸시켰다.

"우와! 수인족이다!"

카소돈의 뒤를 따라 마차에서 내린 루나가 신기하다는 듯 소리쳤다.

"허허허! 그러고 보니 정말 수인족이군요. 세상에… 이게 정말 얼마 만인지."

자각- 자각-

일행들이 차례차례 마차에서 내리는 걸 본 수인족들이 연신 뒷걸음질을 쳤다.

상대가 많음에 겁을 먹은 것 같았다.

그러자 카소돈이 앞으로 나서며 말했다.

"겁먹지 마세요. 저는 할루스의 사제인 카소돈이라고 합니다."

"카소돈! 정말 그 카소돈입니까?"

카소돈의 소개에 가장 빠르게 반응한 이는 바로 개의 얼굴을 가진 테드였다.

"후후! 그렇습니다."

"거, 거스 형! 그분이야, 그분."

테드가 흥분하며 소리치자 거스가 빠른 걸음으로 다가왔다.

"아아! 카소돈! 카소돈이시군요!"

이민준은 순간 멍한 생각이 들었다.

수인족들이 왜 카소돈을 반기지?

어떻게 알고?

설마?

문득 카소돈이 수인족들을 소재로 한 야ㅎ…….

부르르.

몸서리가 쳐졌다.
더럽다!
그렇게 안 봤는데, 카소돈!
하는 생각이 들 때였다.
"아아, 할루스의 사제이신 카소돈이시여! 대륙에 모습을 드러내신 겁니까?"
나타샤가 커다란 눈을 똥그랗게 뜨며 다가왔다.
"허허허! 수인족들은 할루스 님에 대한 믿음이 깊다고 들었는데 사실이었나 봅니다. 그런데 저에 대해서는 어떻게 아셨습니까?"
"숨어 지낸 세월이 길었습니다. 대륙 소식을 거의 듣지 못한다는 말이지요. 하지만 그렇다고 완전하게 단절된 건 아니었습니다. 그 덕분에 알고 있었죠. 대륙에 마지막 남은 주신의 사제, 그리고 그 이름은 카소돈."
아……. 그런 거였구나.
자칫 카소돈에게 큰 실수를 할 뻔했다.
이민준은 고개를 흔들며 자신의 오해를 털어 냈다.
"허허허! 이거 정말 다행이군요. 어두워지는 대륙에 밝은 영혼들이 남아 있었다니요."
"저희야말로 영광입니다. 주신의 사제를 만날 수 있다니요."
"그렇다면 혹시 주신의 전……."

카소돈이 막 주신의 전사에 대해서 설명을 하려고 할 때였다.

"어어? 설마?"

나타샤가 무언가를 느꼈다는 듯 몸을 부르르 떨며 마차 쪽을 가리켰다.

그러고는,

"섀, 섀도우 나이트?"

마차의 그림자 안에 숨은 섀도우 나이트를 정확하게 지목했다.

'뭐지?'

이민준은 놀란 눈으로 나타샤를 바라봤다.

제6장

수인족 마을

"섀도우 나이트! 맞죠? 분명 섀도우 나이트죠?"

나타샤가 펄쩍 뛰며 마차 쪽으로 다가갔다.

일행들은 모두 당혹스러운 표정일 수밖에 없었다.

왜 아니겠는가?

지금까지 그 누구도 은신해 있는 섀도우 나이트를 이처럼 쉽게 발견한 적은 없었다.

그런데 그런 섀도우 나이트를 단번에 알아보다니!

타닥-

마차의 근처까지 다가간 나타샤가 자신의 두 손을 가슴 앞으로 모으며 말했다.

"어서 나와 보세요. 저는 당신께 위협적인 존재가 아니랍니다."

하지만 섀도우 나이트는 미동조차 하지 않고 있었다.

'위협적인 존재라면 레벨이 높은 섀도우 나이트가 더 위협적인 존재겠지!'

이민준은 고개를 흔들었다. 지금 당장은 쓸데없는 생각이기 때문이었다.

'어쩔 수 없지.'

이민준은 섀도우 나이트를 보며 말했다.

"섀나, 밖으로 나와도 괜찮아."

((흐어어.))

이민준의 허락이 떨어지고 나서야 섀도우 나이트가 모습을 드러냈다.

"우와!"

나타샤는 동그랗게 뜬 눈으로 섀도우 나이트를 훑어봤다.

"오오! 정말 섀도우 나이트군요."

"우와! 꼭꼭! 오늘은 무슨 날인 건가? 주신의 사제에 섀도우 나이트까지 만나게 되다니!"

테드와 거스도 섀도우 나이트를 알고 있었는지 각자 한마디씩을 보탰다.

'대체 어떻게 된 거지?'

이민준은 물론이거니와 다른 일행들 또한 의문이 가득 찬 얼굴이 되고 말았다.

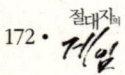

더군다나,

((흐어어.))

섀도우 나이트는 자신을 연예인처럼 바라보는 수인족들 때문에 어찌할 줄을 몰라 하기도 했다.

어쩌겠는가?

저벅-

이민준은 직접 나서서 궁금증을 풀기로 마음먹었다.

"나타샤, 섀도우 나이트를 어떻게 찾은 거죠? 특수 능력 같은 게 있나요?"

"맞아요. 있어요."

이민준은 내심 놀랄 수밖에 없었다.

"네에? 섀도우 나이트를 찾아낼 수 있는 능력이 있다고요?"

"그렇습니다. 저희 수인족은 선천적으로 섀도우 나이트를 감지할 수 있어요."

웅성- 웅성-

나타샤의 말에 일행들이 수군거렸다.

오래전 대륙에서 몸을 감춘 수인족이었기에 이들에 대해 알려진 정보는 그다지 많지가 않았다.

"우와! 이건 좋은 정보네요. 으흐흐!"

지식 쌓는 걸 천성으로 알고 있는 크마시온이 턱을 달그락거리며 좋아했다.

섀도우 나이트를 선천적으로 감지할 수 있는 종족이라…….
이민준은 잠시 생각을 정리한 후 물었다.
"이유가 있나요? 그런 선천적인 기질을 가지고 있는 게?"
"네, 있어요. 저희의 존재 이유죠. 섀도우 나이트를 찾아서 진실의 문 앞에 서는 것이요."
존재 이유? 진실의 문?
대체 이건 무슨 말인가?
이민준은 막 이런 것들을 물어보려던 참이었다.
휘리릭-
느닷없이 나타난 하얀색 하니아가 주변을 맴도는 듯싶더니, 이내 나타샤에게 쏙 들어가 버렸다.
"아! 잠시만요."
나타냐가 서둘러 메시지를 확인했다.
그러고는,
"저희 족장님께 연락이 왔어요."
"족장님이요?"
수인족이 이들 말고 더 있다는 말인가?
그런 이민준의 표정을 읽었는지 나타샤가 듣기 좋은 목소리로 말했다.
"네. 카소돈 님을 만났다는 걸 족장님께 알렸거든요."
"아… 그렇군요."
이민준은 마을을 둘러보며 물었다.

"수인족이 사는 마을이 여기가 아닌가요?"

"네. 아니에요. 여긴 그저 위장 마을일 뿐이죠."

어쩐지 그럴싸하게 꾸며진 기분이 든다 싶었다.

잠시 생각을 정리하는 사이 나타샤가 말했다.

"족장님이 여러분을 초대하라고 하셨습니다. 주신의 사제와 섀도우 나이트를 꼭 모시고 싶어 하시거든요. 어떠세요? 저희와 함께 수인족 마을을 방문하시겠습니까?"

초대라.

어찌해야 할까?

멸망을 막기 위해 가야 할 길이 바쁜 지금이었다.

하지만,

후욱- 후욱-

오른손의 상처가 신호를 보내고 있었다.

마치 수인족 마을의 방문이 '멸망을 막는 일'과도 관련이 있다는 듯 말이다.

그뿐만이 아니었다.

이민준은 섀도우 나이트를 쳐다봤다.

이번 퀘스트는 분명 저 녀석과 깊은 연관을 가지고 있었다.

그런데 그러던 찰나에 섀도우 나이트의 존재를 감지할 수 있는 수인족을 만난 거다.

이번엔 크마시온을 쳐다봤다.

수인족 마을 · 175

달그락- 달그락-

저 녀석의 실수가 아니었다면 이 마을을 찾을 수도 없었을 거고, 또한 수인족을 만나지도 못했으리라.

'필연인 건가?'

가는 곳에 뜻이 있고, 뜻이 있는 곳에 사건이 발생하기 마련인 거다.

'이걸로 섀나의 문제를 풀 수 있다면 거부할 이유가 없겠지.'

그렇게 결론을 내린 이민준은 일행들에게 물었다.

"저는 나타샤의 초대에 응할 생각입니다. 여러분 생각은 어떠십니까?"

"허허! 저도 방문하고 싶군요."

"우와! 수인족이 더 있다니 보고 싶네요. 흐흐!"

"저는 한니발이 가는 곳이라면 상관없어요."

"다 간다는데 제가 안 갈 수야 있나요?"

이 정도면 만장일치다.

이민준은 나타샤를 쳐다봤다. 그러자 살짝 미소 지은 그녀가 양손을 들어 올렸다.

그러고는,

터컹-

드드드-

"뭐, 뭐야?"

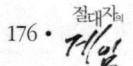

땅이 흔들렸다.
"놀라지 마세요."
당황해하는 일행들을 발견한 거스가 소리쳤다.
"꼭꼭! 지진이 아닙니다. 이건 문이 열리는 거예요."
"문?"
고개를 갸웃한 이민준은 바닥을 내려다봤다.
크그그긍-
마치 거대한 톱니바퀴가 도는 것처럼 바닥이 둥글게 돌면서 기계장치들이 몸을 드러냈다.
그러고는,
그그그긍-
원의 중앙이 열리며 땅 아래로 내려가는 계단이 나타났다.
터컹-
원의 움직임이 멈추자 나타샤가 방긋 웃으며 말했다.
"환영합니다. 수인족의 지하 마을에 오신 걸 환영합니다."
"오오!"
"우와! 지하 마을이구나!"
"따라오세요."
터걱- 터걱-
나타샤가 앞장서서 계단을 내려갔고, 그 뒤를 이민준과

일행이 따랐다.

 계단을 지나 도르래에 연결된 기계장치를 타고 더욱 깊은 지하로 내려갔다. 마치 엘리베이터처럼 생긴 장치였다.
 수우우웅-
 장치가 빠른 속도를 내고 있었다. 그렇다는 건 지하의 깊이가 상당하다는 의미이기도 했다.
 터컹-
 금속으로 만들어진 기계장치가 멈추었다.
 그그긍!
 작은 소리와 함께 장치의 문이 열렸다. 그러자 넓은 지하 광장이 시야에 들어왔다.
 웅성- 웅성-
 엄청나게 많은 수인족들이 광장을 돌아다니고 있었다.
 여기는 지하다!
 그런데도 전혀 어둠이 느껴지지 않을 만큼 밝고 화사한 기분이었다.
 "지하 도시다!"
 루나가 신기하다는 듯 소리치며 기계장치를 벗어났다.
 이민준도 그 뒤를 따라 내렸다.
 거대한 광장을 중심으로 팔각 형태로 천장을 향해 뻗은 구조물이었다.

돌산 안에 마을을 만든 부르크족의 주거지와 흡사한 모습이었지만, 그것보단 훨씬 커 보이는 도시였다.

"대단하다."

"끝내주네."

감명을 받은 건 다른 사람도 마찬가지였는지 기계장치에서 내리며 한마디씩을 내뱉었다.

"이쪽으로 가시죠."

나타샤가 나서서 넋을 놓고 있는 일행들을 안내했다.

광장을 가로질러 가는 길이었다.

"어? 섀도우 나이트?"

"세상에! 섀도우 나이트야!"

"이럴 수가! 엄청난걸?"

일행을 발견한 수인족들이 놀란 눈으로 한마디씩을 던졌다.

사슴 머리, 독수리 머리, 오소리 머리 등 각종 동물의 머리를 가진 수인족들이었다.

신기한 건 동물의 머리를 가진 수인족들이 하나같이 인간의 육체를 가지고 있다는 거였다.

왠지 재밌다는 생각이 들었다.

웅성- 웅성-

저벅- 저벅-

수인족들의 관심을 잔뜩 받으며 광장을 건넜다.

수인족 마을 • 179

그렇게 도착한 곳에서 조금 전과 비슷한 기계를 타고 더욱 깊은 지하로 내려갔다.

이민준은 나타샤를 보며 물었다.

"족장님이 굉장히 깊은 곳에 사시나 봐요."

그러자 나타샤가 미소 지으며 말했다.

"조금 전 지나오신 곳은 거주 구역이에요. 더 지하로 내려가면 농경지가 있고, 그 아래에 족장님과 장로님들이 지내시는 곳이 나오지요."

이민준이 질문을 하기도 전에 궁금증이 많은 크마시온이 먼저 나서서 물었다.

"농경지요? 지하에서 농사를 짓는다고요?"

"맞아요. 저희는 지열과 용암을 이용하는 방법을 터득했습니다. 지하에서 빛과 열을 얻는 기술이죠. 또한 지하수를 이용한 관개시설도 만들었어요."

"우와!"

"대단해."

루나와 에리네스가 눈을 크게 뜨며 놀라워했다.

'정말 신기하긴 하네.'

그렇게 느낀 건 이민준도 마찬가지였다.

하지만 지금은 그런 게 중요한 게 아니라고!

"흠흠."

손을 들어 크마시온을 뒤로 물린 이민준은 나타샤를 보

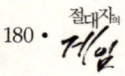

며 물었다.

"수인족과 섀도우 나이트가 관계가 있다고 하셨죠? 대체 그게 어떤 겁니까?"

스슥-

이민준의 물음에 모두의 시선이 나타샤에게 향했다. 다들 궁금하긴 마찬가지였던 것 같았다.

그런 일행의 시선을 읽었는지 나타샤가 조심스럽게 대답했다.

"자세한 건 저희 족장님께서 말씀해 주실 겁니다. 금방 만나실 수 있을 테니 잠시만 기다려 주세요."

"흐음, 알겠습니다."

나타샤가 그렇게 말한다면 어쩔 수 없는 거였다.

곧 족장을 만날 테니까.

이민준은 마음을 다독였다.

※ ※ ※

수인족의 족장인 조이나스는 회의실에 앉은 장로들을 바라보았다.

마을에 관한 여러 가지 논의가 오가는 중이었다.

그때였다.

쾅-

급하게 회의실의 문이 열리며 장로인 몰던이 뛰어 들어왔다.
"조, 족장님! 큰일 났습니다."
"무슨 일이요?"
양의 머리를 가진 몰던이 손수건으로 연신 땀을 닦아 내며 말을 이었다.
"20퍼센트입니다. 보호막이 20퍼센트밖에 남지 않았습니다."
"아!"
"말도 안 돼!"
"어찌!"
몰던의 말에 다른 장로들이 탄식을 내뱉었다.
그중 족제비의 얼굴을 가진 장로 발드바가 자리에서 일어나며 물었다.
"며, 며칠 전에는 80퍼센트라고 하지 않았습니까?"
그러자 몰던이 죄인 같은 표정으로 대답했다.
"저도 확인하고 놀랐습니다. 역사 이래 이런 적은 없었으니까요."
"이걸 어찌한단 말이오."
"이대로 끝이란 말인가?"
장로들의 탄식이 이어졌다.
'아아, 할루스여.'

사자의 얼굴을 가진 조이나스는 그만 자신의 손에 얼굴을 묻고 말았다.

대체 어쩌다 이런 일이!

이곳 지하 마을은 특수한 목적을 위해 만들어진 장소였다.

그리고 그건 다름 아닌 개척 왕 르이벤이 봉인한 '악마의 심장'을 지키는 일이었다.

지하 마을이 지열과 용암을 활용하는 이유도 그랬다.

'악마의 심장'이 봉인될 수 있도록 보호막을 가동하는 것!

그런데 그런 보호막이 갑자기 약해지고 있다고?

'역사 이래 지금까지 이런 일은 한 번도 없었는데!'

이해하지 못할 일이었다.

고개를 흔든 조이나스는 몰던을 보며 물었다.

"그래서 얼마나 버틸 수 있을 것 같소?"

"고작해야 2, 3일입니다."

"우리가, 우리가 조상님들의 역사를 망치는구나."

"어서, 어서 피난 계획을 짜야 하지 않겠소?"

"악마의 심장이 밖으로 나가게 하겠다는 거야? 미쳤어? 어떻게든 우리가 막아야지."

"가능한 소리를 해야지! 우리가 그런 힘이 어디 있어!"

장로들이 갑론을박 싸우기 시작했다.

탕-!

"조용히들 하시오."

조이나스는 책상을 두드려 모두의 입을 다물게 했다. 그러고는 몰던에게 물었다.

"보호막을 복구할 방법은?"

그러자 몰던이 시무룩한 표정으로 대답했다.

"없습니다. 르이벤께서 다시 살아오지 않는 이상은 말입니다."

"아하!"

"이젠 모두 끝이구나."

다들 알고 있는 거다.

아무리 서둘러 대피를 한다고 해도 '악마의 심장'이 깨어나는 순간 모두 죽게 된다는 것을.

악마의 심장이 깨어난다면 북부의 절반 정도는 날아가고 말 것이다.

실로 끔찍한 일이었다.

조이나스는 가슴속이 찢어지는 것 같은 기분이었다.

족장으로서, 수인족의 후예로서 부끄럽고 창피했다.

그리고 동족들을 죽음으로 몰고 있는 것 같아 미안하기만 했다.

하지만 어쩌랴?

이건 누구도 예상하지 못했던 일인 것을…….

그때였다.

휘리릭-

하얀색 하니아가 나타나더니 조이나스의 몸으로 들어왔다.

'뭐지?'

조이나스는 메시지를 확인했다.

나타샤가 보낸 메시지였다.

그러고는,

"세상에! 새, 새도우 나이트를 찾았답니다! 거기에, 거기에 주신의 사제인 카소돈까지!"

"오오! 할루스여!"

"어찌 이런 일이!"

장로들이 모두 자리에서 일어났다. 그리고 그중 발드바가 나서서 말했다.

"어서, 어서 모시라고 하세요. 그들이라면, 그들이라면 방법이 있지 않겠습니까?"

끄덕-

고개를 끄덕여 준 조이나스는 서둘러 하니아를 날려 보냈다.

터덕-

잠시 자리에 앉아 두근거리는 심장을 진정시켰다.

정말 주신께서 방법을 내려 주시는 걸까?

마음이 조급했다.

'아니.'

드륵-

조이나스는 초조해하는 장로들의 시선을 한 몸에 받으며 자리에서 일어났다.

그러고는,

"카소돈 님을, 섀도우 나이트를 마중 나가야 하겠습니다."

말을 마친 조이나스는 서둘러 문으로 뛰어나갔다.

※ ※ ※

투웅-

작은 울림과 함께 기계장치가 멈췄다.

드궁!

그러고는 문이 열렸다.

이민준은 밖을 확인하기 위해 시선을 돌렸다.

그때였다.

"꺄!"

"뭐야?"

느닷없이 나타난 커다란 사자 머리에 놀란 루나와 에리네스가 소리를 질렀다.

"노, 놀라지 마세요. 수, 수인족 마을의 족장인 조이나스입니다."

 물론 이민준은 놀라지 않았다. 문 앞에 누군가 서 있다는 걸 느끼고 있었으니까.

 더군다나 적의가 없는 존재라서 크게 긴장을 하지도 않고 있었다.

 하지만 루나나 에리네스의 경우는 달랐다.

 적의 기운을 느낄 수 있는 전사 계열의 직업군과는 달리, 그녀들은 연금술사와 힐러였기에 눈앞에 나타난 사자 머리에 그만 몸서리를 치고 만 것이다.

 하기야.

 아무런 마음의 준비도 없이 문이 열렸는데 커다란 사자 머리가 자신들을 쳐다보고 있으면 얼마나 놀라겠는가?

 "미, 미안합니다. 겁을 주려고 그런 건 아니었습니다. 흠 흠!"

 조이나스가 민망한 듯 수북한 얼굴 털을 긁적였다.

 해바라기와 유사하게 생긴 수사자의 얼굴이라니.

 이민준은 왠지 그런 조이나스의 모습이 귀엽게만 느껴졌다.

 "이, 일단 내리시지요."

 조이나스의 안내에 일행들이 기계장치에서 내렸다.

 바깥에는 나이 들어 보이는 수인족들이 겸손한 자세로 서 있었다.

"이쪽은 우리 마을의 장로들입니다."

조이나스가 장로들을 소개해 주었다.

어차피 머리 위에 이름이 떠 있었으니까.

저들의 이름을 아는 건 그다지 어려운 일이 아니었다.

조이나스는 반가운 얼굴로 일행들과 인사를 했다.

하지만 그러는 와중에도 그의 시선은 계속해서 카소돈과 섀도우 나이트를 향해 있었다.

모두의 소개가 끝난 후였다.

"아, 카소돈 님! 정말 뵙고 싶었습니다."

조이나스가 카소돈의 손을 잡으며 감격스러운 표정을 지었다.

"허허! 이거 영광입니다."

카소돈도 인자하게 웃으며 조이나스의 환영을 받았다.

반가운 환영이 이어지는 와중이었다. 분명 분위기는 좋았지만 뭔가 찜찜한 기분이 느껴지기도 했다.

'뭐가 있는 건가?'

이민준은 조이나스와 장로들의 얼굴을 세심하게 훑었다.

'역시 문제가 있는 게 확실하구나.'

저들의 얼굴에서 근심을 읽어 내는 건 어려운 일이 아니었다. 뭔가 좋지 못한 일이 벌어지고 있음이 분명했다.

그리고 그건,

후욱- 후욱-

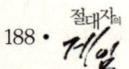

오른손의 상처가 반응하며 강하게 신호를 주고 있기도 했다.

"일단은 이쪽으로 오시죠. 설명해 드려야 할 것이 많습니다."

조이나스가 일행들을 안내했다.

전방에 보이는 석조 건물이었다.

이민준은 일행들과 함께 건물로 들어섰다.

조이나스는 일행들을 회의실로 안내했다.

모두가 자리에 앉자 조이나스가 현재 수인족이 처한 상황에 대해서 설명을 해 주었다.

사자 머리 족장의 말이 막 끝났을 때였다.

"예?"

"악마의 심장이라고요?"

"그렇습니다."

설명을 들은 일행들은 모두 놀란 얼굴이었다.

왜 아니겠는가?

이 깊은 지하 도시가 무려 상급 악마인 멜탄스의 심장을 봉인하기 위한 용도라는 말을 들었다.

더군다나 멜탄스의 심장은 현실로 말하면 거의 핵폭탄급 파괴력을 가지고 있어서, 봉인이 풀리면 북부의 절반이 날아갈 거라는 말도 들었다.

이건 정말 엄청난 일이었다.

"후우! 큰일이네요."

"고작 2~3일의 시간밖에 없다면서요. 그럼 어서 대피해야 하는 거 아닌가요?"

"맞아요. 방법이 없잖아요."

일행들이 한마디씩 걱정스러운 말을 덧붙였다.

"흐으!"

그러자 크게 숨을 내뱉은 조이나스가 카소돈을 보며 물었다.

"주신의 사제이시여, 멜탄스를 죽인 르이벤 왕은 주신의 뜻에 따라 멜탄스의 심장을 봉인했습니다. 그렇다는 건 주신의 힘으로 다시 한 번 봉인이 가능한 것 아니겠습니까?"

잠시 뭔가를 생각하던 카소돈이 시무룩한 얼굴로 대답했다.

"후우! 안타까운 이야기지만 저에게는 해결책이 없습니다."

"아!"

"이런!"

기대가 컸던 만큼 실망 또한 컸던지, 장로들의 깊은 탄식이 이어졌다.

그런 회의실의 분위기를 살핀 카소돈이 자리에서 일어나며 말했다.

"하지만 분명 저희가 여러분을 만나게 된 것에는 신의 뜻이 있으리라 믿습니다. 여러분은 바깥소식을 잘 듣지 못한다고 하셨죠?"

"그렇습니다."

모두를 대표해서 대답한 이는 바로 조이나스였다.

고개를 끄덕인 카소돈이 말을 이었다.

"아마 그래서 모르셨을 겁니다. 주신의 전사가 탄생했다는 소식을요."

"예? 주신의 전사가요?"

"마, 말도 안 돼! 그 어렵고 험난한 길을 이겨 낸 용자가 있단 말입니까?"

장로들이 믿지 못하겠다는 듯 수군거렸다.

카소돈은 잠시 뜸을 들였다. 모두가 차분해지기를 기다리는 거다.

회의실이 어느 정도 조용해지자 카소돈이 부드러운 동작으로 걸어서 이민준의 뒤에 섰다. 그러고는 말했다.

"여기 이분이 바로 주신의 전사이십니다."

"주, 주신의 전사?"

"하, 한니발 님이요?"

"오오! 할루스의 영광이여!"

회의실에 한바탕 소란이 일었다. 하지만 카소돈은 거기서 멈추지 않았다.

"여러분은 섀도우 나이트를 찾고 있다고도 했었죠? 저기 있는 친구 말입니다. 그거 아십니까? 저 친구가 바로 주신의 전사인 한니발 님의 소환수랍니다."

"섀, 섀도우 나이트가 한니발 님의 소환수라고요?"

"이런 엄청난 일이!"

"아아! 주신은 우리를 버리지 않으셨군요! 크흑!"

어찌나 놀랐던지 눈물을 흘리는 장로까지 있었다.

카소돈의 멋진 연설 덕에 모두의 기대감이 하늘을 찌르고 만 것이다.

"흐음."

이민준은 작게 숨을 내뱉었다.

'이 양반이 어쩌자고 판을 키워?'

물론 카소돈의 말에는 틀린 것이 하나도 없었다.

하지만 문제는 이곳의 분위기였다.

위기에 봉착한 수인족이다.

악마의 심장을 제대로 봉인하지 못한다면 이들은 물론이거니와 북부의 절반이 날아가게 생긴 상황이었다.

그런 와중에 나타난 주신의 전사가 수인족이 찾아 헤매던 섀도우 나이트까지 데리고 대동했다.

어찌 이민준을 구세주라 생각하지 않겠는가?

"자자, 조용히들 합시다."

조이나스가 어수선한 회의실 분위기를 바로잡았다. 그러

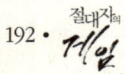

고는 기대에 찬 얼굴로 물었다.

"주신의 전사이시여, 저희를 살려 주실 수 있으십니까?"

이런 부담감이라니!

이민준은 잠시 생각을 정리했다. 아무리 기대감이 크더라도 없는 말을 할 수는 없으니까.

드륵-

자리에서 일어나 모두를 한 번 훑어봤다. 그러고는 말했다.

"사실대로 말씀드리면 저 또한 아무런 해결책이 없습니다."

"정말 없는 겁니까?"

조이나스와 눈을 마주친 이민준은 단호하게 말했다.

"그렇습니다."

"아!"

"후우."

순식간에 찾아왔던 기대가 빠르게 식어 가고 있었다.

"그렇군요."

조이나스는 분명 실망한 얼굴을 하고 있었다. 하지만 그는 이내 표정을 바꾸며 차분하게 고개를 끄덕였다.

뭔가를 결심했다는 듯 비장한 표정이었다.

고개를 든 조이나스가 모두를 바라보며 말했다.

"사실 여러분들의 소식을 들었을 때 많은 기대를 한 건 사

수인족 마을 • 193

실입니다. 우리 종족의 멸망을 막을 방법이 생겼다고 믿었으니까요. 하지만……."

숨을 고른 조이나스가 계속해서 말했다.

"그건 저의 잘못된 기대였는지도 모릅니다. 우리 종족의 문제를 여러분께 기대려고 했으니 말입니다."

이민준은 조이나스의 얼굴을 살폈다.

안쓰러운 마음이 들었다.

정말 내가 해 줄 수 있는 게 없는 건가?

후욱- 후욱-

주신의 상처가 이렇게나 격렬하게 반응하고 있는데?

꽈득-

오른손을 굳게 쥐었다.

'방법이 있다면 제발 알려 다오.'

안타까운 일이지만 돌아오는 대답은 없었다.

부스럭- 부스럭-

그러는 사이, 인벤토리를 확인한 조이나스가 한 뭉치의 마법 주문서를 책상 위에 올리며 말했다.

"이건 다른 지역으로 이동할 수 있는 마법 주문서입니다. 여러분들은 중요한 일 때문에 여행 중이라고 하셨지요? 그렇다면 일단은 위험 지역에서 벗어나세요."

"아!"

"우후!"

루나와 에리네스가 탄식했다.

하지만 이민준의 생각은 달랐다.

수많은 수인족의 목숨이 달린 일이다. 그런데 족장이라는 자가 이렇게 쉽게 포기를 하다니?

이해가 가지 않았다.

이민준은 조이나스를 보며 물었다.

"수인족분들은 어쩌실 생각입니까? 대피하셔야 하지 않습니까?"

모두의 시선이 조이나스에게 쏠렸다.

그리고 그건 종족의 미래를 책임지고 있는 장로들도 마찬가지였다.

조이나스가 장로들과 눈을 마주치며 말했다.

"우리가 가진 이동 주문서는 총 100장. 남녀 각각 50명씩을 선발해서 대피를 시킵니다. 그리고 나머지 수인족들은, 안타까운 일이지만 우리의 터전과 함께 마지막을 준비합시다."

"족장님의 뜻에 따릅니다."

"수뇌부들은 모두 죽음을 맞을 준비가 되어 있습니다."

"바로 대피 인원을 선발하겠습니다."

족장의 결정이 떨어지자 놀랍게도 장로들이 바로 수긍을 해 버렸다.

이렇게 쉽게 포기를 한다고?

뭐라도 해 봐야 하는 거 아닌가?

이민준은 가슴속에서 뭔가 울컥하고 솟아오르는 것 같았다. 그래서 저들에게 한마디를 하려 할 때였다.

턱-

그런 이민준의 뜻을 눈치챘는지 카소돈이 어깨를 잡았다. 그러고는 텔레파시를 보냈다.

-이해가 안 될 겁니다. 저들의 이런 행동이요.

-맞습니다. 이렇게 쉽게 수인족들의 목숨을 포기하다니요. 저 같았으면 도움을 줄 수 있는 사람들의 바짓가랑이라도 붙잡았을 겁니다.

카소돈이 이해한다는 듯 고개를 끄덕였다.

-수인족이 왜 지하로 숨어들었는지 아십니까?

-글쎄요?

-바로 저런 순수하고 순종적인 성격 때문입니다. 저들은 저와 한니발 님이 해결 방법이 없다는 말을 듣고는 더 이상 우리에게 피해를 주지 말자고 결정한 겁니다.

-그저 남에게 피해를 주지 않기 위해 자신들의 죽음을 받아들인다고요?

-말씀드렸다시피 수인족은 매우 순하고 착한 종족입니다. 저런 성격 때문에 지하로 들어온 거기도 하고요. 만약 저들이 지상에 살았다면 자신들을 방어하지 못하고 벌써 멸족이 되었겠지요.

-아!

이민준은 그제야 이들의 행동이 이해가 갔다.

천성 자체가 그런 종족인 거다.

타인에게 피해 주기를 꺼리고, 모든 책임을 자신들이 지려 하는 자들.

'저들의 성격이라면 지상으로 100명의 수인족을 피신시킨다고 해도 얼마 버티지 못하고 죽는다는 소리 아닌가?'

문득 그런 생각도 들었다.

그래서 그랬을까?

죽음을 받아들이는 저들이 더욱 불쌍하게만 느껴졌다.

하지만 어쩌겠는가?

다른 방법이 있는 것도 아닌 것을.

그때였다. 조이나스가 모두를 돌아보며 말했다.

"괜스레 여행하시는 시간을 빼앗아 죄송합니다. 하지만 말씀드렸다시피 북부가 위험에 처한 상황입니다. 그러니 이 주문서를 가지고 어서 대피하세요."

조이나스는 이미 결심을 굳힌 것 같았다.

이민준은 고개를 흔들며 말했다.

"주문서라면 저희도 가지고 있습니다. 그러니 이것들로 더 많은 수인족들을 구하세요."

"아! 그렇습니까? 정말 감사합니다."

후우! 저렇게 착한 심성이라니.

머릿속이 복잡했다.

이건 비단 수인족만의 문제가 아니기도 했다.

'왜 하필 이때란 말인가?'

멸망을 막기 위해 아메 카이드만으로 향하던 때다.

그런 시기에 맞춰서 오랜 기간 봉인되었던 악마의 심장이 요동을 친다고?

이건 분명 첫 번째 퀘스트와 긴밀한 관계가 있을 거다.

더군다나 악마의 심장이 폭발하면 그 여파가 '아메 카이드만'까지 미친다.

자칫 첫 번째 퀘스트를 해결하지 못할 수도 있다.

그렇다는 건 그냥 지나쳐서는 안 될 문제라는 뜻이기도 했다.

이민준은 조이나스를 정면으로 바라보며 물었다.

"악마의 심장을 볼 수 있을까요?"

"예? 한니발 님께서요?"

"네. 제가 직접 확인하고 싶습니다."

이민준은 조이나스의 눈동자가 흔들리는 걸 놓치지 않았다.

그는 혹시나 하는 희망의 끈을 놓치고 싶지 않은 게 분명했다.

하지만 역시나 수인족의 천성답게 걱정스러운 목소리로 말하기도 했다.

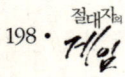

"혹여나 주신의 전사께 폐를 끼치는 건 아닌지 모르겠습니다."

답답한 소리를.

이민준은 고개를 흔들며 말했다.

"끼치면 좀 어떻습니까?"

"예?"

"지금 중요한 건 수인족의 생존 아닙니까? 그렇다면 폐를 좀 끼치세요. 어떻게든 살아남아야죠. 이렇게 약한 마음으로 종족을 끝까지 지켜 내실 수 있겠습니까?"

"아."

"허헙!"

순간 회의실의 공기가 무겁게 내려앉았다.

왜 아니겠는가?

착하고 순하기만 한 수인족들이 언제 이런 강압적인 분위기를 맞아 본 적이 있겠는가?

하지만 신경 쓰고 싶지 않았다.

이민준은 조이나스를 정면으로 바라보았다.

제7장

악마의 심장

조이나스는 주춤거리고 있었다.

이런 상황을 어떻게 대처해야 하는지를 모르고 있는 것 같았다.

모르는 건 경험하면서 아는 거다.

그렇게 한 발짝씩 앞으로 나아가며 발전을 하는 건데, 어쩌면 수인족은 그런 불편함을 감당할 자신이 없는 건지도 몰랐다.

조이나스가 더듬거리며 말했다.

"하, 하지만 저희는, 저희는 짐이 되고 싶지 않습니다. 불편한 존재가 아니기를 바랄 뿐입니다. 그저 모두가 조화롭게, 그런 행복한 세상을 살고 싶었을 뿐입니다."

그래. 그런 거 좋은 생각이고, 아름다운 마음이다.

하지만 종족의 존망이 달린 문제에서도 저런 마음으로 대처하겠다는 건가?

아니, 절대 그래서는 안 되는 거다.

이민준은 조이나스를 정면으로 쳐다보며 말했다.

"여러분의 심정은 알겠습니다. 하지만 여러분이 살기 위해 노력하는 건 다른 사람에게 폐를 끼치는 게 아닙니다."

"예? 그게 무슨 말씀입니까?"

"아무런 노력도 없이 죽음을 결정해선 안 됩니다. 이곳으로 오면서 어린 수인족들을 봤습니다. 천진난만한 아이들. 족장님은 그런 후손들을 저버리시겠다는 말씀이세요?"

"저, 저버리는 건 아닙니다. 단지, 단지 저는……."

"아닙니다, 조이나스 족장님. 당신은 당신의 불편함 때문에 천성이라는 단어 뒤에 숨는 겁니다. 왜요? 두렵습니까? 부딪치는 게 싫고, 논쟁하는 게 싫습니까?"

조이나스가 멈칫했다. 그의 눈빛이 심하게 흔들리고 있었다. 뭔가 마음속 갈등을 느끼고 있는 게 분명했다.

잘근-

살짝 입술을 씹은 조이나스가 말했다.

"방법이, 방법이 없다고 하지 않았습니까? 한니발 님도, 카소돈 님도 말입니다."

"그래서요? 우리가 방법이 없으니 정해진 사람만 피신

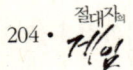

을 시키고, 나머지는 이곳에서 죽어야 한다는 말인가요?"

"바, 방법이 없으니까요."

"아니지요! 최선을 다해서 도망이라도 가야지요. 마법 주문서로 이곳을 벗어날 수 있는 사람들은 벗어나고! 나머지는 짐을 싸서 최대한 이곳에서 멀리 달아나야지요!"

"흡!"

조이나스가 놀랐다는 듯 눈을 크게 떴다. 살짝 겁을 먹은 게 분명했다.

그러든 말든.

이민준은 계속해서 말했다.

"왜 죽음마저 순응합니까? 당연히 죽어야 합니까? 아직 일어나지도 않은 일입니다. 북부의 절반이 날아가리라 누가 장담합니까? 만약 그렇지 않고 이 근처만 폭발하고 말면 어떻게 할 겁니까?"

"아!"

조이나스는 미처 그 생각을 하지 못했다는 듯 허탈한 표정을 지었다.

그게 과연 생각하지 못한 걸까?

아니면 처음부터 죽음에 순응하려 했기에 생각할 생각조차 하지 않은 걸까?

이민준은 조이나스를 보며 말했다.

"어떻게 하시겠습니까? 최대한 종족을 살리면서 뭔가 방법을 만들어 보시겠습니까? 아니면 불편한 마음이 두려워 입을 닫은 채로 죽음만을 기다리겠습니까?"

지금까지 이민준이 한 말은 그다지 예의를 차린 말들이 아니었다.

하지만 괘념치 않았다.

많은 목숨이 달린 일이다. 그리고 멸망과 관련된 사건이 망가질 수도 있는 일이기도 하다.

더군다나 이들은 대륙에 얼마 남지 않은 할루스의 신자들 아닌가?

당장 말 몇 마디로 이들의 천성을 바꿀 수는 없다는 걸 이민준 또한 잘 알고 있었다.

단지 이민준이 바라는 건 바뀔 수 있다는 가능성일 뿐이었다.

꽉-

그런 이민준의 뜻이 통한 걸까?

조이나스가 주먹을 강하게 쥐며 뭔가 결의를 다지고 있는 것 같았다.

약하고 싶지가 않은 거다.

자신의 두려움 때문에 일족들이 사라지는 걸 용납하고 싶지 않은 그런 마음 말이다.

다행히 이민준의 바람대로 조이나스가 살아 있는 눈빛으로 말했다.

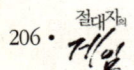

"한니발 님 말씀처럼 하겠습니다. 살아남는 걸 가장 큰 과제로 삼겠습니다. 그러니, 그러니……."

조이나스가 머뭇거렸다.

그런 족장의 모습이 영 답답하기만 했다.

하지만 그는 노력하고 있는 거다. 평생 고수하던 자세를 조금씩 바꿔 가려고 말이다.

이민준은 그런 조이나스를 위해 답답함을 참아 주기로 마음먹었다.

그러자 진지한 표정이 된 조이나스가 고개를 끄덕이며 말했다.

"주신의 전사께서 저희를 도와주실 수 있겠습니까?"

그래. 바로 그거다.

자발적인 마음.

미안하더라도 손을 내밀 줄 알아야지.

이민준은 굳었던 표정을 풀며 말했다.

"결과를 장담할 순 없지만, 최선을 다해 보겠습니다."

"크흡! 가, 감사합니다."

사자 머리 족장이 끝내 눈물을 보이고 말았다.

주변이 어느 정도 정리된 후였다.

장로들은 조이나스의 명령을 받아 수인족들의 피난을 지휘하러 위로 올라갔고, 회의실엔 이민준과 일행, 그리고 조이나스만 남았다.
 이민준은 조이나스에게 물었다.
"남은 시간이 2~3일이라고 했습니까?"
"그렇습니다."
 조이나스가 반짝이는 눈빛으로 대답했다.
 처음 만났을 때와는 확연히 달라진 눈빛이었다.
 더군다나 그는 이민준 덕분에 마음을 고쳐먹기도 했다.
 그래서 그랬는지 이민준을 바라보는 조이나스의 눈빛에는 존경이 담겨 있기도 했다.
 그건 그거고.
 이민준은 자신의 생각을 말했다.
"확신할 수 있는 건가요? 며칠 전까지 80퍼센트였던 보호막이 20퍼센트가 된 것도 오늘에서야 안 것 아닙니까?"
"사실 보호막이 그렇게 되리라고는 예측하지 못했습니다. 하지만 남은 시간이 2~3일인 건 확신합니다."
"어떻게 확신하죠?"
"비상 마법 덕분입니다. 르이벤 왕께서 만드신 마법입니다. 보호막이 20퍼센트로 떨어졌다는 건 그 기능을 상실했다는 의미고, 그때를 대비해 오직 딱 한 번만 작동할 수 있는 비상 마법이 작동하게 됩니다."
"아, 그러니까 지금은 비상 마법의 힘으로 봉인을 막고 있다는 말씀이군요."

"맞습니다."
"그리고 그 비상 마법의 기한이 2일에서 3일이란 말이고요."
"그렇습니다."
그렇다면 믿을 만했다.
앞으로 남은 시간은 2~3일.
이럴 땐 최소 2일로 잡는 게 맞다.
그렇다면 기다릴 게 뭐가 있을까?
드륵-
이민준은 자리에서 일어나며 말했다.
"지금 바로 봤으면 합니다. 두 눈으로 확인해야겠습니다."
"아! 그게……."
조이나스가 멈칫했다.
뭐지? 뭐가 또 있어?
이민준은 고개를 갸웃했다. 그러자 조이나스가 미안한 표정으로 대답했다.
"악마의 심장이 봉인된 장소는 6시간에 한 번씩 열립니다. 그리고 단 30분만 문이 열렸다가 다시 닫히죠."
"그렇다면?"
"맞습니다. 몰던 장로가 확인하고 문이 닫혔습니다."
이민준은 고개를 끄덕였다.

앞으로 4~5시간 동안은 악마의 심장이 봉인된 곳을 확인할 수 없다는 뜻이었다.

접속 시간을 확인했다. 고작해야 3시간밖에 남지 않은 상황이었다.

이민준은 빠르게 상황을 정리했다. 그러고는 일행을 돌아보며 말했다.

"일단 여러분은 이곳을 벗어나 안전한 곳으로 피신하는 게 좋을 것 같습니다. 안전을 장담하지 못하니까요."

솔직한 마음이었다.

하지만 일행 누구도 움직일 생각을 하지 않았다.

카소돈이 먼저 나서서 말했다.

"어차피 2~3일의 여유가 있다면 저는 여기에 남고 싶습니다. 적어도 하루 이틀 정도는 뭐든 도울 수 있지 않겠습니까?"

"그건 저도 마찬가지예요. 저 나름 유능한 연금술사잖아요. 제가 할 수 있는 일이 분명 있을 거예요."

"상급 악마의 심장이잖아요. 저는 성기사로서 책임감을 느낍니다. 저도 남고 싶어요."

"힐러는 어디서든 필요한 거니까! 저만 따로 보낼 생각 하지 마세요."

이 사람들이 진짜.

이민준은 저도 모르게 뭉클한 기분을 느꼈다.

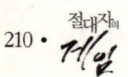

자칫 문제가 생겨서 자신들이 위험할 수 있다는 걸 누구보다 잘 알고 있는 사람들이다.

하지만 그럼에도 이들은 이민준의 곁을 떠나고 싶어 하지 않았다.

정말 든든한 사람들이다.

"허어! 정말 좋으신 분들입니다. 대단하신 분들입니다."

감동을 받은 건 이민준만이 아니었던지 조이나스가 커다란 사자 머리를 끄덕이며 말했다.

이민준은 조이나스를 쳐다봤다.

생긴 것과 달리 여린 감성을 가진 족장의 눈은 이미 촉촉하게 젖어 있었다.

'이 양반 눈물이 많네.'

심성이 착하고 여린 종족이다.

모두가 힘을 합쳐 이들을 도와주려 한다니 그저 고맙기만 했다.

이민준은 일행들을 보며 말했다.

"좋습니다. 대신 앞으로 40시간 정도까지만입니다. 위험 수위가 높아지면 여러분들은 무조건 떠나야 합니다."

이민준의 강력한 요구였다.

※ ※ ※

드륵-
 자리에서 일어난 이민준은 창가 쪽으로 다가갔다.
 '대체 어딜 간 거지?'
 이상한 일이었다.
 회사에 출근하자마자 가장 먼저 한 일은 티엘 인터내셔널의 이종준 전무와 연락을 하려 한 일이었다.
 그의 개인 전화번호와 회사 번호는 알고 있었으니까.
 "흐음."
 이민준은 휴대전화를 들어 확인했다.
 아침부터 오후까지 꾸준히 이종준에게 연락을 취하고 있었지만, 그의 전화기는 계속 꺼져 있었다.
 '뭐야?'
 이종준을 옭아맬 만한 자료들을 충분히 확보하고 있었다.
 대번이 아버지를 죽인 진실을 밝히기에 유리한 고지를 차지하고 있다는 뜻이었다.
 하지만 문제라면 그 연결선이 이종준에게만 연결되어 있다는 거였다.
 그런데 이종준이 연락되지 않는다고?
 탁- 탁-
 책상으로 다가가 손으로 전화기를 두드렸다.
 이민준이 연락을 시도한 건 비단 이종준의 휴대전화만

이 아니었다.

티엘에 전화해서 이종준과의 통화를 시도했지만, 번번이 자리에 없다는 말만 들었다.

오전부터 계속해서 메모도 남기고 있었다.

하지만 전혀 회신이 되고 있지 않았다.

이쯤 되자 이종준이 자신의 전화를 일부러 피하고 있는 건 아닌가 싶은 생각도 들었다.

'설마 아니겠지.'

이민준은 고개를 흔들었다.

목소리, 아니 제임스의 창고를 뒤져서 자료를 찾은 게 바로 오늘 새벽이었다.

그런데 그런 사실을 이종준이 벌써 알고 잠적을 했다고?

있을 수도 없는 일이다.

이민준은 시간을 확인했다.

어느덧 오후 4시가 넘어가고 있었다.

'뭐야, 대체?'

답답한 마음이 들었다.

그때였다.

드으으-

마침 기다리고 있던 전화가 왔다.

지혁수였다.

"네, 지 사장님. 어떻게 됐습니까?"

(네, 이 대표님. 이게 이상한 게 이종준 전무가 출장을 가거나 여행을 간 게 아니더군요.)

 "그럼 어떻게 된 겁니까? 잠적한 겁니까?"

 (아마 그런 거 같습니다. 이종준 전무의 집에서도 그가 어제 회사를 간 이후로 한 번도 들어오지 않아 이상하게 생각하고 있더군요.)

 "회사에 출근을 안 한 것도 맞고요?"

 (그렇습니다. 이종준 전무의 측근도 그가 왜 회사에 나오지 않는지를 의아해하더군요.)

 집에서도 모르고, 회사에서도 모른다…….

 "흐음."

 이민준은 뭔가 좋지 못한 느낌을 받았다.

 대체 왜 이종준이 느닷없이 잠적한단 말인가?

 혹시 제임스의 죽음과 이종준의 잠적에 무슨 연관 관계 같은 게 있다는 말인가?

 "후우."

 이민준은 크게 숨을 내뱉었다.

 자칫 잘못했다가는 간신히 모은 증거가 큰 효과를 거두지 못할 수도 있었다.

 그리고 그건 일어나서는 안 될 일이기도 했다.

 "지 사장님, 중요한 일입니다. 이종준의 흔적을 꼭 찾아주세요."

(알겠습니다. 저희가 가진 역량을 총동원해서라도 찾아내겠습니다.)

꾹-

이민준은 전화기의 종료 버튼을 눌렀다.

알게 된 지 얼마 되지 않은 지혁수였지만 매번 큰 도움을 받고 있었다.

고마운 사람이었다.

터걱-

이민준은 다시 창가 쪽으로 다가갔다.

오후의 세상은 그저 평화롭게만 보였다.

꾹-

주먹을 굳게 쥐었다.

어떻게든 이종준을 찾는다. 그리고 대번의 죄를 낱낱이 파헤치리라.

이민준은 그렇게 다짐했다.

※ ※ ※

후우욱-

게임 세상으로 들어왔다.

웅성- 웅성-

"이쪽으로! 대피 인원은 서둘러 밖으로 나가야 합니다."

"서두르지 마세요. 천천히 정해진 인원부터 나갑시다."
"흐앙! 무서워, 엄마."
"괜찮아. 괜찮아. 아가, 엄마가 여기 있잖아."
수인족의 지하 마을은 피난 행렬로 북적이고 있었다.
"흐음."
그런 모습을 보고 있자니 애잔한 마음이 들기도 했다.
고개를 흔든 이민준은 일행들이 머물고 있는 구역으로 발길을 옮겼다.

악마의 심장을 보기 위해서는 아직도 1~2시간을 더 기다려야 했다. 그때까지 일행들과 이번 일을 해결할 방법을 찾아보려던 참이었다.

그때였다.

"큰일이 났습니다!"
"무슨 일이야?"
"바, 밖에! 밖에!"
지상으로 올라가는 승강기 쪽에서 소란이 일었다.
'무슨?'
이민준은 발길을 돌려 승강기 쪽으로 달렸다.

"오오! 한니발 님!"
승강기 앞에 서 있던 장로 발드바가 이민준을 알아보고는 반색했다.

"무슨 일입니까?"

이민준의 물음에 발드바가 서둘러 대답했다.

"저, 정확한 건 모릅니다. 단지 위에 올라갔던 부족민 하나가 내려와서는 지상에 일이 벌어졌다고 알려 주었습니다."

"저분입니까?"

"맞습니다."

이민준은 고개를 끄덕여 주었다. 그러고는 조금 전 소란을 피웠던 수인족에게 다가가 물었다.

"무슨 일입니까? 위에 뭐가 있는 겁니까?"

"뭐, 뭔가 엄청난 게, 엄청난 게 다가오고 있습니다."

엄청난 게 다가오고 있다고?

"그게 뭔지는 모르고요?"

"아, 알 수가 없습니다. 아직 모습은 보이지 않습니다. 하지만 저희는 느낄 수 있습니다. 거대한 것이 다가오고 있다는 걸요."

여타의 종족들보다 감각이 예민한 수인족이다.

남들보다 빨리 먼 곳의 위협을 느낄 수 있고, 그 위협이 나타나기 전에 몸을 숨길 수 있는 재능을 가지고 있다는 소리다.

여린 마음과 부족한 전투력을 보완해 줄 수인족만의 특성과도 같은 거였다.

악마의 심장 • 217

이민준은 서둘러 발드바에게 다가가 말했다.
"그럼 일단 저를 위로 올려 보내 주세요. 제가 가서 직접 확인해 보겠습니다."
"괘, 괜찮으시겠습니까? 한니발 님이 위험해질 수도 있습니다."
"괜찮습니다. 올라가겠습니다."
물론 이민준도 무턱대고 위험과 맞닥뜨리려 한 건 아니다.
단지 다가오고 있는 거대한 존재가 누구인지를 알 것 같았기 때문이다.

털컹-
승강기가 멈추며 문이 열렸다.
"어, 어떻게 해요?"
"일단 최대한 몸을 숨겨 봅시다."
"하지만 그렇게 하기에는 인원이 너무 많아요."
"이걸 어쩌지? 다시 내려가지도 못하고?"
수인족들의 말이 지하 계단을 통해 들려왔다.
이민준은 서둘러 계단을 올라갔다.
웅성웅성-
무려 1천여 명에 가까운 수인족들이 우왕좌왕대고 있었다.

급하게 시행된 계획이다.

단시간 내에 최대한 많은 인원이 대피해야 하는 상황이었기에 찾아온 혼란이었다.

'어쩔 수 없는 일이겠지.'

이민준은 고개를 흔들었다.

지금 중요한 건 그런 게 아니니까.

"오오! 한니발 님이시다!"

"주신의 전사!"

"세상에! 그분이에요."

한니발이 주신의 전사라는 소문이 빠르게 퍼져 나간 덕분에 많은 수인족들이 이민준을 알아보았다.

이민준을 바라보는 수인족들의 눈에 희망의 빛이 일었다.

위협을 느끼며 공황 상태에 빠져 있었는데, 영웅이라 칭송할 만한 인물이 떡하니 모습을 드러냈으니 말이다.

이민준은 가장 가까운 수인족에게 물었다.

"위험이 다가오는 방향이 어디입니까?"

"저, 저쪽입니다. 거의 다 온 것 같습니다."

겁에 질린 수인족이 어두운 밤하늘을 가리키며 한 말이었다.

"알겠습니다."

대답한 이민준은 수인족이 지목한 방향을 바라보며 텔레파시를 날렸다.

-너지? 베닝이지?

텔레파시를 보낸 직후였다.

-헉! 어떻게 알았어요? 형 놀라게 해 주려고 일부러 어둠 속에 몸을 숨기며 날아왔는데?

-으이그! 이 녀석아!

어린 드래곤 아니랄까 봐 이런 장난까지 치고 그런다.

-지금 그게 중요한 게 아니야. 여긴 너 때문에 난리가 났다고.

-왜, 왜요?

-일단은 근처에 와서 폴리모프해. 여기 수인족들이 다들 겁을 집어먹었다.

-수인족이라고요? 형, 수인족들하고 같이 있어요?

-응.

-우와! 수인족들이 남아 있었구나! 엄청나게 신기하네요!

드래곤인 아서베닝도 이곳에 수인족들이 살고 있다는 사실을 알지 못하고 있었던 것 같았다.

하기야.

이민준이 아서베닝에게 최종적으로 메시지를 보냈을 때가 수인족 마을에 당도하기 전이었다.

단지 위치를 알려 주었을 뿐이었고, 그 근처를 지나간다고 말을 한 거니까.

아서베닝은 이민준이 지나가는 길을 훑으며 일행을 찾아 서프라이즈를 해 줄 요량이었던 거다.

이민준은 다시 텔레파시를 보냈다.

-그래. 어쨌든 상황이 이러니 네 기운도 좀 숨기고 그래. 여기 수인족들 완전히 겁먹었어.

-윽! 그렇겠네요. 수인족들 위협을 느끼는 수준이 지존 레벨의 능력자들보다 월등하거든요.

-그렇다니까.

이민준도 수인족들의 감각이 이 정도까지인 줄은 몰랐다.

아무리 절대자의 자격을 가지고 있다고 해도 멀리서 다가오는 드래곤을 단번에 알아낼 수는 없으니 말이다.

1초도 되지 않았을 때였다.

"뭐, 뭐지?"

"기운이 사라졌어!"

"우, 우리가 잘못 알고 있었던 건가?"

갑작스레 거대한 위협이 사라지자 수인족들이 당황해하며 서로 수군거렸다.

이민준은 가까이에 있는 장로부터 찾았다.

'저기 있군.'

그는 다름 아닌 양의 머리를 가진 몰던 장로였다.

"몰던 장로님."

"아! 한니발 님!"

이민준은 몰던에게 조금 전 상황을 설명해 주었다.

"아하! 그랬던 거군요! 정말 놀라운 일입니다."

"뭐, 그렇긴 하죠. 아무튼, 이젠 문제가 없으니 서둘러 대피를 진행해 주세요."

"그렇게 하겠습니다."

몰던과 막 대화가 끝났을 때였다.

"형!"

어느새 지상으로 내려와 폴리모프를 했는지 아서베닝이 귀여운 소년의 모습으로 다가왔다.

"짜식."

고작 며칠밖에 떨어져 있지 않았음에도 이렇게 다시 만나니 마냥 반갑기만 했다.

"어떻게 된 거야? 몸은 정상이 된 거야?"

"흐흐! 거의 좋아졌어요."

"역시. 아직 완쾌는 안 된 거구나."

"한 7~80퍼센트 정도? 헷헷! 거리는 애들하고만 있으려니 좀이 쑤셔서 안 되겠더라고요."

"후후! 그럴 줄 알았다."

아서베닝에게 미소를 보여 준 이민준은 피난을 준비하고 있는 수인족들을 확인했다.

"힘내세요, 할머니. 비록 먼 길을 가는 거지만 제가 옆에서 보살펴 드릴게요."

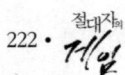

"괜히 나 때문에 짐이 되는 건 아닌지 모르겠구나."
"어머니, 그런 말씀 마세요. 살아도 같이 살고, 죽어도 같이 죽어야죠."
"그런 말이 어디 있어? 너희가 살아야지. 나 같은 늙은이가 무슨 소용이야?"

가족 단위로 모여서 조촐한 짐을 가지고 이동하는 수인족들이다.

악마의 심장을 막지 못한다면 저들이 모두 죽게 될지도 모를 일이었다.

삶의 터전을 잃어버리고, 죽음을 맞이해야 하는 수인족들.

후욱- 후욱-

그렇게 생각하니 오른손이 뜨겁게 달아올랐다.

꽈득-

이민준은 강하게 주먹을 쥐었다.

무슨 일이 있어도 방법을 찾아내야 한다.

"후우."

크게 숨을 내뱉은 이민준은 아서베닝에게 말했다.

"내려가자. 내려가면서 내가 다 설명해 줄게."

그러고는 앞장서서 수인족 마을이 있는 지하로 향했다.

"오오! 베닝 님! 오셨군요!"

아서베닝을 먼저 맞이한 건 다름 아닌 크마시온이었다.

"그래. 나 없어서 그동안 행복했지?"

"에이, 무슨 그런 말씀을 하세요. 그리웠습니다."

말은 그렇게 했지만 크마시온의 말투에서는 전혀 아무런 진심도 느껴지지 않았다.

"말투가 왜 그래? 크마시온? 뭐 불편한 거 있어?"

루나가 진심 궁금하다는 눈빛으로 크마시온을 쳐다봤다.

"아하하! 무, 무슨 말씀을요. 그, 그 어느 때보다 편안합니다."

"차라리 용암 위가 편안하다고 해라."

"푸, 푸흡!"

"하, 하하하!"

"우와! 베닝이가 농담도 할 줄 아네?"

아서베닝의 농담에 모두가 기분 좋게 웃었다.

"잘 왔어요, 베닝 군. 그렇잖아도 그대의 힘이 필요하던 참입니다."

카소돈이 점잖게 나서서 아서베닝에게 인사했다. 아서베닝도 최대한 격식을 차리며 모두와 인사를 나누었다.

당연히 녀석은 드래곤이었기에 기본적으로 인간을 깔보는 경향이 있었다.

하지만 그럼에도 아서베닝은 루나와 카소돈, 그리고 앨리스와 에리네스에게만큼은 다른 인간들과는 다르게 대했다.

"으흐흐! 베닝이가 다쳤다는 말을 듣고 많이 걱정했어. 이젠 괜찮은 거지?"

루나가 안쓰러운 눈빛으로 물었다.

"그, 그래. 괜찮아."

조금은 퉁명스럽지만 그래도 싫지 않은 표정으로 아서베닝이 대답했다.

이민준이 소중하게 여기는 일행이다.

그렇다는 건 아서베닝도 조심을 해야 한다는 뜻인 거다.

모두와 인사가 끝이 났다.

이곳으로 내려오면서 악마의 심장에 대해서도 설명을 했으니까.

이민준은 아서베닝에게 물었다.

"혹시 너는 멜탄스의 심장에 대해서 알고 있었니?"

"아까 형 이야기를 들으면서 제 기억을 확인해 봤는데, 그냥 토막 지식 정도로만 알고 있는 거예요."

"그래? 어떤 거?"

"멜탄스가 상급 악마였고, 할루스 시대에 사라졌다는 정도요."

"흐음."

그렇다는 건 아서베닝도 이번 일에 대해 그다지 아는 것이 없다는 뜻이었다.

'어쩔 수 없이 멜탄스의 심장을 직접 대면하는 수밖에 없

구나.'

이민준은 자신의 오른손을 쳐다봤다.

후욱- 후욱-

작게 반응을 하고 있었지만 분명 주신의 상처도 그걸 원하고 있는 것 같았다.

저벅- 저벅-

이민준은 사자 머리 족장인 조이나스와 함께 복도를 걸었다. 그리고 그 뒤를 아서베닝과 섀도우 나이트가 따르고 있었다.

다른 일행들은 만약의 사태에 대비하여 위층에서 기다리는 중이었다.

시간부터 확인했다. 심장이 봉인된 방의 문은 20분 후에 열릴 예정이었다.

이민준은 조이나스에게 물었다.

"수인족은 선천적으로 섀도우 나이트를 감지할 수 있는 능력이 있다고 들었습니다."

"맞습니다."

"섀도우 나이트를 찾아서 진실의 문 앞에 세우는 게 존재 이유라고도 했는데, 그런가요?"

"그렇습니다. 그리고 사실 보호막에 문제가 생기지 않았다면 저는 한니발 님께 섀도우 나이트를 진실의 문으로 데려가 달라고 부탁했을 겁니다."
"그렇습니까?"
"그렇지요. 그리고 그 이유는 바로 섀도우 나이트가 사라진 왕 르이벤과 연관이 있기 때문입니다."
섀도우 나이트가 르이벤 왕과 연관이 있다고?
"대체 어떤 연관이 있는 겁니까?"
"역사는 르이벤 왕이 검은 비석에 홀려서 도망쳤다고 했지만, 사실은 그렇지 않습니다."
잠시 뜸을 들인 조이나스가 말을 이었다.
"르이벤 왕은 악마 멜탄스의 심장을 봉인한 후, 바로 검은 비석을 봉인하기 위해 다섯 기사와 아메 카이드만으로 향했습니다."
"굳이 거기까지 가야 할 이유가 있었나요?"
"멜탄스의 심장이 봉인된 곳과 거리를 두기 위해서였죠."
이민준은 고개를 끄덕였다.
분명한 이유가 있는 거니까.
조이나스가 계속해서 말을 이었다.
"르이벤 왕은 자신의 몸을 희생해서 검은 비석마저 봉인했습니다. 그리고 그 과정 중에 발생한 폭발로 인해 르이벤 왕과 다섯 기사는 섀도우 나이트가 되고 말았죠."
"아!"
이민준은 뒤를 살짝 돌아봤다.

그렇다는 건 섀나가 르이벤 왕이거나, 아니면 다섯 기사 중 하나라는 말이 된다.

"그렇다면 수인족이 계속해서 섀도우 나이트를 찾은 이유가 있습니까?"

"검은 비석의 파동을 막기 위해 서두른 르이벤 왕은 그만 악마의 심장을 불완전하게 봉인하고 말았습니다."

조이나스의 말이 이해가 되었다.

확실하게 봉인을 하거나 소멸시켰다면 지금 같은 일은 벌어지지 않았을 테니까.

그러다 문득 궁금증이 들었다.

이민준은 조이나스에게 물었다.

"그렇다면 그 긴 기간 동안 누구도 악마의 심장을 파괴할 생각을 하지 못한 겁니까?"

"왜 안 했겠습니까? 많은 시대에 걸쳐서 연구하고 노력했습니다. 하지만 르이벤 왕의 봉인 방식을 풀 수는 없었습니다. 자칫 실수한다면 재앙이 될 수도 있고요."

"그렇군요. 그렇다면 섀도우 나이트를 찾고 싶어 하신 이유가?"

"섀도우 나이트를 찾아서 진실의 문으로 데려가면 그가 르이벤 왕인지, 아니면 다섯 기사 중 하나인지를 알 수 있기 때문입니다."

잠시 뒤를 돌아본 조이나스가 말을 이었다.

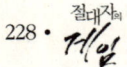

"그리고 그 과정을 통해서 르이벤 왕이 각성한다면 악마의 심장을 파괴할 수 있으니까요."

그렇다면 뭘 망설일까?

"그럼 처음부터 섀나를 진실의 문으로 데려갔어야 하는 거 아닙니까?"

이민준의 물음에 조이나스가 씁쓸한 표정으로 고개를 흔들었다.

"안타깝게도 보호 마법이 무너지면서 진실의 문도 닫히고 말았습니다."

"흐음."

이민준은 그제야 모든 것이 이해가 됐다.

섀도우 나이트가 된 르이벤 왕을 찾아서 악마의 심장을 파괴하는 게 수인족들의 존재 이유였던 거다.

이런 사실을 조금만 일찍 알았더라도 많은 도움이 되었을지도 모를 일이었다.

하지만 그건 어디까지나 '만약'이라는 가정일 뿐이니까.

역사에는 '만약'이란 단어가 사용될 수 없다는 말이 떠올랐다.

지나간 일은 그냥 지나갔을 뿐 되돌릴 수 없다는 뜻이리라.

그렇게 생각하며 걸을 때였다.

턱—

복도의 코너를 돌자 거대한 석조 문이 눈앞에 나타났다.
"이곳입니다. 이 문 뒤에 악마의 심장이 봉인되어 있습니다."

이민준은 고개를 끄덕여 주었다.

드디어 악마의 심장이 봉인된 곳에 다다른 거다.

후욱- 후욱-

주신의 상처도 그런 기운을 느꼈는지 아까보다 더욱 뜨겁게 반응하고 있었다.

이민준은 시간을 확인했다. 조이나스가 말했던 제한 시간이 끝나 가고 있었다.

그러고는,

터컹-

서서히 커다란 문이 열리기 시작했다.

제8장

아메 카이드만

쿠스스스-

저벅-

이민준은 방으로 들어섰다.

굉장히 넓은 방이었다.

크기로 따지자면 예전에 아버지와 몇 번 가 보았던 프로 농구 경기장 정도의 크기?

파지지직!

그런 넓은 방을 가득 채우고 있는 건 검고 푸른색으로 일어나고 있는 전기적 현상이었다.

콰스스스-

마치 번개처럼 사방으로 뻗어 나간 전기적 현상이 보이지 않는 벽에 부딪힌 것처럼 꿈틀대고 있었다.

"저겁니다. 저게 멜탄스의 심장입니다."

조이나스가 방의 한가운데에 놓인 것을 손으로 가리켰다.

'음?'

탁자 같은 구조물 위에 놓인 멜탄스의 심장은 원형 공이었다.

크기는 대략 축구공 정도?

'예상한 것과는 다른데?'

악마의 심장이라는 말을 들었을 때는 정말 인간의 심장처럼 생겼을 줄 알았다.

그런데 막상 이렇게 와서 보니 그냥 시커먼 색을 가진 공에 불과했다.

물론 그냥 공은 아니었다.

놈은 숨을 쉬는 것처럼 천천히 움직이고 있었으니까.

그래. 저게 상급 악마의 심장이라, 이거지?

콰스스스-

악마의 심장은 커졌다 줄어들기를 반복하며 계속해서 움직이고 있었다.

조이나스가 조심스럽게 물러나며 말했다.

"보호막이 무너지기 전까지는 저런 움직임이 없었습니다. 그리고 이 투명 보호막 안에서 일어나고 있는 현상, 이 또한 없었던 일입니다."

"그렇군요."

이민준은 고개를 끄덕였다.

그렇다는 건 지금 일어나고 있는 모든 일이 비상 마법이 작동하고 난 후에 벌어지고 있다는 소리다.

아니, 심장이 움직이면서 보호막이 무너진 거고, 그로 인해 비상 마법이 작동한 거겠지.

"후우."

이민준은 크게 숨을 내뱉으며 악마의 심장을 확인했다.

개척 왕 르이벤이 최후의 방어를 위해 만든 비상 마법이다.

이 마법마저 무너지고 나면 상급 악마의 심장이 깨어나는 끔찍한 일이 벌어지는 거다.

'절대 안 될 일이지.'

자각-

이민준은 투명 보호막을 향해 한 발 더 다가갔다.

후욱- 후욱-

방으로 들어오고 난 후부터 주신의 상처가 주기적으로 반응하고 있었다.

'뭐야? 뭐가 있다면 말을 해 달란 말이야!'

이민준은 주신의 상처를 향해 물었다.

하지만 돌아오는 대답은 없었다.

그때였다.

후우우웅-

방의 한가운데서 시커먼 기운이 일어나기 시작했다.

뭐지? 왜 이러지?

이민준은 조이나스와 악마의 심장을 번갈아 가며 쳐다봤다. 그러자 조이나스도 이해할 수 없다는 눈으로 말했다.

"이, 이게 어떻게? 이럴 수는 없습니다!"

"뭡니까? 뭐가 잘못된 겁니까?"

"비상 마법이 작동하는 동안에는 절대 멜탄스의 심장이 힘을 쏠 수 없는데 대체……."

이게 정상적인 반응이 아니라고?

이민준은 무언가가 잘못되어 가고 있음을 깨달았다.

후그그극-

그러는 사이, 동그랗던 심장이 점점 덩치를 불리며 시커먼 연기로 변해 갔다.

마치 섀도우 나이트가 검은 구름으로 변하듯이.

그러고는,

크드등!

지진이 난 것처럼 방이 커다랗게 흔들렸다.

챙! 스릉!

이민준은 뒤로 물러서며 블랙 스노우와 블랙 스톰을 꺼내어 무장했다.

놈에게서 강력한 살기가 느껴졌기 때문이다.

'이 자식이!'

이대로 비상 마법이 무너진다면 정말 모든 것이 끝나는 거다.

도망가야 하지 않느냐고?

고작 이 방에서 벗어나는 걸로 멜탄스의 심장이 내뿜는 거대한 에너지를 피할 방법은 없었다.

도망보단 오히려 이 위기를 타개할 방법을 찾아내는 게 더욱 현명한 것!

후으윽-

이민준은 빠르게 절대자의 기운을 끌어 올리며 외쳤다.

"아서베닝! 내 뒤로 와! 네가 사용할 수 있는 최대한의 방어 마법을 사용해!"

"알았어요! 형!"

((흐어어.))

타닥-

아서베닝과 섀도우 나이트마저 이민준의 주변으로 모였다.

그때였다.

쿠숭-

《르이벤!》

악마의 심장이 깊은 곳에서 끌어 올린 듯 듣기 싫은 소리를 내질렀다.

놈이 지칭한 건 다름 아닌 섀도우 나이트였다.

르이벤?

이민준은 섀도우 나이트를 쳐다봤다.

((흐어어! 저는, 저는 모르는 소립니다.))

지금까지 보여 주었던 것과 같이 일관된 모습이었다.

하지만,

《르이벤!》

멜탄스의 심장은 생각이 다른 것 같았다.

쿠둥- 쿠둥-

파지지직!

놈이 반응할수록 투명의 장벽이 더욱 격렬하게 흔들리고 있었다.

이러다 자칫 장벽이 무너질 수도 있을 것 같았다.

대체 뭐가 잘못된 거지?

그렇게 생각하는 사이,

쿠스스스-

드드드!

방 안 전체가 격렬하게 반응했다. 그럴 만큼 멜탄스의 심장은 빠르게 힘을 불러 가고 있었다.

이민준은 최대한 집중력을 끌어 올리며 소리쳤다.

"족장님! 족장님은 지금 당장 위로 올라가서 일행들에게 대피하라고 알려 주세요. 이건 위급 상황입니다."

"아, 알겠습니다."

고개를 끄덕인 조이나스가 서둘러 방을 빠져나갔다.

모든 것이 예상을 뛰어넘고 있었다. 마치 이 상황을 기다리고 있었다는 듯 말이다.

이게 어떻게 가능한 걸까?

설마?

뭔가 확신이 생긴 이민준은 멜탄스의 심장을 노려보며 물었다.

"네놈이지? 우리를 이곳으로 불러온 게?"

쿠궁- 쿠궁-

먹구름처럼 변한 멜탄스의 심장이 이민준과 가까운 곳으로 몰려오며 말했다.

《기다리고 있었다, 주신의 전사여.》

역시! 네놈이었구나!

이민준은 그제야 크마시온의 실수와 보호막이 무너진 일이 모두 멜탄스의 심장이 의도한 거란 걸 알 수 있었다.

그런데 뭐지? 지금까지 잠잠하던 놈이 어떻게 힘을 얻을 수 있었던 거지?

그리고 놈이 크마시온에게 영향을 미칠 때까지 모르고 있었다고?

츠팟!

이민준은 주변을 강하게 짓누르고 있는 멜탄스의 기운

을 분석했다.

그러고 보니…….

놈의 기운을 느끼고 나서야 알았다.

북부 전체에 낮게 깔렸던 암울한 기운이 모두 놈에게서 뻗어 나온 것들이란 것을.

어떻게 알 수 있겠는가?

오랜 기간 마치 자연과 하나 된 듯 심어 놓은 기운들을 말이다.

그런 기운이 크마시온에게 영향을 미쳐서 길을 잘못 드는 실수를 한 거다.

생각해 보라!

고작 길 하나 잘못 든 거다.

그걸 악마의 속임수라고 말한다면 누가 믿겠는가?

'치밀한 자식!'

그렇게 생각할 때였다.

((흐어어!))

섀도우 나이트가 고통스러운 비명을 질렀다.

쫘드득-

그와 동시에 오른손의 상처가 화끈하게 달아올랐다.

이민준은 멜탄스의 심장을, 아니 지금은 검은 연기처럼 변한 놈을 확인했다.

저놈이 주변에 영향을 미치고 있는 거다.

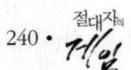

그것도 보호막과 비상 마법에 갇힌 놈이 말이다!

'설마? 그거였단 말이냐?'

이민준은 뭔가 번뜩하는 기분이었다. 그러고는 지금까지의 일들이 이해가 되었다.

멜탄스의 심장은 잠복기의 바이러스처럼 조용히 자신의 힘을 숨기고 있었던 거다.

그러다 북부에 섀도우 나이트가 나타나자 그 기운을 감지하고는 자신이 있는 쪽으로 끌어들인 거다.

그렇다면 왜?

그럴 힘이 있는 놈이 왜?

쫘득- 쫘득-

《르이벤!》

멜탄스의 심장이 화가 났다는 듯 투명 보호막을 마구 두드리며 소리쳤다.

콰지직-

투명 보호막이 불안정하게 흔들렸다.

쫘슥- 쫘슥-

물론 놈은 지금 당장 투명 보호막을 뚫을 수는 없을 거다.

하지만 그럼에도 멜탄스의 사념만큼은 투명 보호막을 통과해서는 방 안을 가득 채우고 있었다.

((크허억!))

그런 녀석의 사념이 섀도우 나이트에게 영향을 미치고

있는 거다.

꽈득-

이민준은 주먹을 강하게 쥐었다.

번쩍- 번쩍-

'아!'

그러자 놀랍게도 놈의 사념이 제대로 느껴졌다.

이민준은 멜탄스의 사념을 빠르게 읽었다. 그러고는 놈이 의도한 바를 제대로 알게 되었다.

'그래! 네놈은 밖으로 나옴과 동시에 얼마 되지 않아 소멸하게 되는구나!'

그거였다.

멜탄스는 르이벤에 의해 죽었다.

아니, 완벽하게 죽은 건 아니다.

놈의 막강한 심장이 남아 있었으니 말이다.

그리고 그 막강한 힘으로 보호막을 조절하며, 북부 전체에 자신의 기운을 조금씩 뿌려 놓을 수 있었던 거다.

하지만 문제는 멜탄스조차도 르이벤의 봉인을 완벽하게 풀 수 없었다.

봉인이 완전히 풀려 버리면 자신의 힘이 강하게 폭발하게 될 테니까.

놈은 비록 심장의 기운으로 살아남아 있었지만, 녀석도 그 힘을 쓰고 나면 소멸하고 마는 거다.

이민준은 고개를 끄덕였다.

'역시 그거였단 말이냐?'

비록 저따위로 생겼지만, 놈도 하나의 생명체다.

살아남고 싶은 욕망으로 똘똘 뭉친 존재.

역겨운 자식!

그렇게라도 살고 싶었던 거냐?

쫘드득-

《르이벤!》

"끄윽!"

이민준은 막강한 힘에 잠시 몸을 휘청였다.

((흐어어!))

악마의 심장을 봉인하며 발생했던 르이벤과 멜탄스 간의 연결선이 현재의 섀도우 나이트에게 강하게 영향을 미치고 있는 거다.

으득!

이민준은 어금니를 꽉 깨물며 오른손에 집중했다.

섀도우 나이트를 굳게 잡고 있어야 한다.

여기서 놓치면 멜탄스는 한때 르이벤 왕이었던 섀도우 나이트의 힘을 흡수하여 비상 마법을 완전히 허물고는 바깥 세상으로 나오게 된다.

놈이 원하던 바가 바로 그것이다.

르이벤의 힘을 이용해서 다시 살아나는 것!

또한 그렇다는 건, 결국 이 위기를 벗어나는 방법은 하나라는 뜻이다.

악마의 심장을 파괴하는 것!

문제라면,

'저 자식을 어떻게 파괴하지?'

그 방법을 찾아내는 거다.

그렇게 생각할 때였다.

후욱- 후욱-

주신의 상처가 강하게 반응했다.

이민준은 자신의 오른손과 섀도우 나이트를 번갈아 가며 쳐다봤다.

'맞아!'

섀도우 나이트가 각성만 하면 된다.

녀석이 각성하여 르이벤의 기운을 찾아온다면 이곳에서 저 망할 멜탄스 자식을 완전히 소멸시킬 수 있는 거다.

하지만 문제라면 섀도우 나이트가 각성할 수 있는 진실의 문이 닫혔다는 거다.

그렇다고 방법이 없을까?

'이익!'

이민준은 빠르게 자신이 가진 능력을 훑었다.

((끄어어!))

고통스러워하는 섀도우 나이트의 정신을 일깨울 방법을

찾아야 하니까.
그러다 번뜩 절대자의 자격이 가진 스킬을 찾아냈다.
'결국, 그 방법뿐인가?'
지금 당장 생각할 수 있는 건 오직 하나.
섀도우 나이트의 내면으로 들어가는 일이었다.
방법을 찾아냈으니 고민할 필요는 없었다.
이민준은 아서베닝에게 소리쳤다.
"베닝! 난 스킬을 사용해서 섀나의 정신세계로 들어간다."
"혀, 형! 그건 지금 너무 위험하잖아요?"
"지금 당장 사용할 방법은 이거밖에 없어! 그리고 저 망할 놈을 소멸시킬 방법도 그거밖에 없고."
"하지만……."
입술을 잘근 씹은 아서베닝이 빠르게 주변을 둘러보았다. 그러고는 고개를 끄덕였다.
자신이 생각해도 이민준의 방법이 옳았기 때문이다.
"위, 위험할 거예요, 형."
"알아. 하지만 아무것도 하지 않는 것보단 낫잖아."
끄덕-
"베닝, 내가 이 일을 마무리 지을 때까지 나와 섀나의 몸을 보호해 줘."
"최선을 다할게요. 제 목숨을 다해서라도요."
자식.

이럴 때 보면 정말 든든한 놈이다.
"고맙다. 갔다 와서 보자."
"꼭 돌아와야 해요, 형."
"그래."
대답한 이민준은 빠르게 스킬을 사용했다.
그러자,
화으윽-
강한 기운이 일어나는가 싶더니, 이내 모든 것이 검은색으로 변했다.

※ ※ ※

후드드득!
강하게 내리는 비가 온 세상을 적시고 있었다.
쿠구궁-
낮게 깔린 먹구름 사이에서 불길한 천둥이 으르렁거렸다.
드득- 드득-
르이벤은 고개를 들어 두드리듯 내리는 비를 얼굴로 맞이했다.
따당- 따당-
갑옷과 투구에서는 양철을 두드리는 소리가 들리기도 했다.

'언제까지 버틸 수 있을까?'

불길한 생각이 스멀스멀 일어나더니 이내 머릿속을 차지했다.

얼마 전까지만 해도 엄청난 고통을 당했고, 그 고통을 이겨 내자마자 또 다른 시련이 찾아오고 말았다.

'그런데 여기는?'

문득 이상한 생각이 들었다.

온통 평야로 이루어진 들판.

'내가 왜 여기 있는 거지?'

잠시 멍한 기분이다.

분명 조금 전까지 어떤 방에 있었던 것 같았다.

사람들과 시커먼 무언가가 있었던 방.

주인이라 믿었던 누군가가 자신을 잡아 주었다는 생각도 들었다.

아니지.

나는 왕이다.

나에게 주인이 어디 있단 말인가?

르이벤은 고개를 흔들었다.

생각해 보니 3일 전에 멜탄스의 심장을 꺼내어 지하 도시에 봉인했었다.

'그래, 맞아.'

아무래도 그때의 장면과 잠시 헷갈렸던 모양이었다.

부스럭-

르이벤은 성스러운 자루에 넣어 둔 검은 비석을 확인했다. 자루는 여전히 뒤쪽에 잘 묶여 있었다.

자그락-

말고삐를 강하게 쥐었다. 이 여정의 끝이 될지도 모를 아메 카이드만이 코앞이었다.

그때였다.

터걱- 터걱-

강한 빗줄기를 뚫고 누군가가 앞에서 나타났다.

'뭐지?'

철렁-

르이벤은 심장이 두근거림을 느꼈다.

익숙한 기분.

저자는?

르이벤은 눈을 크게 뜨고는 자신을 향해 다가오는 사내를 바라봤다.

※ ※ ※

"크윽!"

이민준은 강한 충격을 받았다.

두통이 온 것처럼 머리가 지끈거렸고, 얻어맞은 것처럼

팔과 다리가 쑤셨다.

하지만 그런 고통이 이민준의 의식을 방해할 수는 없었다.

어금니를 꽉 깨물어 고통을 이겨 낸 이민준은 빠르게 주변을 둘러보았다.

후두두두득-

굵은 빗줄기가 세상을 두드리고 있어 주변이 흐릿하게 보일 뿐이었다.

'들어온 건가?'

세상이 어찌나 엉망이었던지 제대로 된 곳에 온 건지 의문이 들 정도였다.

이럴 땐 감각을 믿는 게 의외로 도움이 된다.

이민준은 집중력을 끌어 올려 최대한 느껴지는 것들을 확인했다.

'맞아!'

그러자 섀도우 나이트의 익숙한 기운이 느껴졌다.

그렇다는 건 이곳이 섀도우 나이트의 내면이 분명하다는 뜻이리라.

그그긍- 그긍-

시커먼 먹구름 사이에서 사악한 짐승의 으르렁거림이 들렸다.

'네놈이구나.'

이민준은 섀도우 나이트의 내면 안에 멜탄스의 사념이 간

섭하고 있음을 깨달았다.

왜 아니겠는가?

이건 놈에게도 목숨이 걸린 일이다.

멜탄스의 심장은 섀도우 나이트를 흡수하기 위해 오랜 기간 준비를 하고 있었다.

그런데 그런 와중에 혜성처럼 나타난 주신의 전사가 멜탄스의 거사를 방해하고 있는 거다.

멜탄스가 난동을 부리는 건 어쩌면 당연한 일인지도 몰랐다.

불길한 기분이 들었다.

'빨리 섀나를 찾아야겠다.'

그렇지 않는다면 섀도우 나이트의 자아를 각성시키기도 전에 멜탄스의 사념이 선수를 칠지도 모르기 때문이었다.

이민준은 자리에서 일어섰다.

그때였다.

떵-

[상처 : 이곳은 섀도우 나이트의 기억 속에 존재하는 '아메 카이드만'입니다. 비록 기억 속 '아메 카이드만'이지만, 이곳에서 첫 번째 연계 퀘스트인 '버려진 무덤을 찾아라.'를 진행할 수 있습니다. 버려진 무덤을 찾아 성지를 활성화시키세요.]

'그게 무슨?'

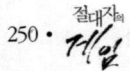

이곳이 아메 카이드만이라고?

이민준은 다시금 눈앞에 뜬 안내문을 확인했다.

퀘스트 장소를 직접 찾은 게 아니다.

단지 섀도우 나이트의 내면으로 들어와 녀석의 기억 속에 머물고 있을 뿐이었다.

그런데, 그런데도 퀘스트 진행이 가능하다고?

그렇게 생각할 때였다.

띵-

[상처 : 섀도우 나이트가 된 르이벤 왕과 멜탄스의 심장은 트라이앵글처럼 버려진 무덤과 연결되어 있습니다. 섀도우 나이트가 르이벤 왕의 기억을 자각한다면 버려진 무덤도 활성화될 것입니다.]

'그래! 이거구나!'

이민준은 심장이 두근거림을 느꼈다.

멸망을 막기 위한 첫 번째 연계 퀘스트는 다름 아닌 '아메 카이드만'을 찾아가서 주신의 성지를 활성화하는 거였다.

그런데 그 장소를 찾아가지 않아도 퀘스트를 해결할 수 있다지 않은가?

'차라리 잘됐어!'

이참에 섀도우 나이트도 구하고, 첫 번째 퀘스트도 해결하는 거다.

하지만 문제라면,

콰릉- 콰르릉-

멜탄스의 사념이 점점 강해지고 있다는 거였다.

'웃기지 마라. 내가 너보다 빨리 섀나를 찾아서 각성시킬 거다!'

각오를 다진 이민준은 빠르게 몸 상태부터 확인했다.

'그러고 보니…….'

손에 쥐고 있던 검과 방패가 보이지 않았다.

그렇다면 갑옷은?

아쉽게도 지금은 평상복 차림일 뿐이었다.

혹시나 하는 마음에 인벤토리를 열어 보기도 했다. 하지만 역시나 인벤토리 또한 열리지 않았다.

'그렇구나!'

이민준은 고개를 끄덕였다.

이곳은 현실이 아닌 섀도우 나이트의 내면이니까.

현실에서 사용하던 아이템들이 하나도 통용되지 않는다는 거다.

후욱- 후욱-

다행히 미약하게나마 오른손의 상처가 계속해서 신호를 보내 주고 있었다.

완벽하진 않지만, 주신의 기운을 사용할 수 있다는 뜻이리라.

'그런데 섀나의 자아를 어디서 찾지?'

이민준은 주변을 둘러보았다.

쏴아아아!

마치 하늘에 구멍이라도 난 듯 굵은 빗줄기가 샤워기처럼 쏟아졌다.

난감한 일이었다.

하지만 그렇다고 넋 놓고 있을 수는 없었다.

'분명 방법이 있다!'

집중력을 최대치로 끌어 올렸다. 그러자 간단한 방법이 떠올랐다.

섀도우 나이트는 이민준의 소환수이고, 그렇다는 건 녀석의 기운을 어디서든 찾을 수 있다는 뜻이기도 했다.

후욱- 후욱-

이민준은 미약하게 느껴지는 절대자의 기운에 집중했다.

그러자,

번뜩-

머릿속에서 무언가 반짝이며 방향을 알려 주었다.

'좋아!'

녀석이 어느 방향에 있는지 알았다.

그렇다면 고민할 필요가 없었다.

타닥-

이민준은 빗줄기를 뚫고는 전방을 향해 달려 나갔다.

타다다닥-
얼마를 달렸을까?
후드드득!
빗줄기가 점점 줄어들기 시작했다.
'음?'
그 때문이었을까?
전방으로부터 사람의 형상이 눈에 들어왔다.
그는 말을 타고 있었다.
전신을 가리는 풀 플레이트 갑옷을 입은 채로 늠름하게 주변을 둘러보고 있는 모습.
섀도우 나이트가 보여 주었던 믿음직한 풍모였다.
'섀나!'
비록 그가 왕의 모습을 하고 있다고 해도 이민준은 단번에 섀도우 나이트를 알아볼 수 있었다.
개척 왕이자 잊힌 영웅인 르이벤.
'그런데 르이벤의 다섯 기사는 어디에 있는 거지?'
문득 그런 생각이 들기도 했다.
하기야.
이민준은 이내 이곳이 현실이 아닌 섀도우 나이트의 내면이라는 것을 떠올렸다.
그렇다는 건 르이벤이 굳이 다섯 기사를 대동하고 있을 필요가 없다는 소리다.

타닥-

이민준은 달리던 속도를 늦추며 르이벤에게 다가갔다.

"멈춰라! 나는 다리얀 왕국을 세운 왕 르이벤이다! 또한 주신의 뜻을 행하기 위해 길을 가는 중이기도 하다. 내가 가는 길이 그대와 상관이 없다면 길을 비켜라!"

짜식.

나를 알아보지 못하는구나.

조금은 서운한 기분이 들었다.

하지만 이해가 됐다.

그건 어쩌면 당연한 일일 테니까.

르이벤과 섀도우 나이트는 서로의 기억을 공유하고 있지 않으니 말이다.

이민준은 고개를 끄덕였다.

르이벤과 관련된 기억은 섀도우 나이트의 내면 깊은 곳에 감춰져 밖으로 나올 수 없는 거다.

또한 그렇다는 건, 섀도우 나이트의 기억과 르이벤 왕의 기억이 독립적으로 존재한다는 뜻이기도 하다.

그렇다면 녀석을 각성시켜야 한다.

그런데 그걸 어떻게 해야 한담?

이민준은 르이벤을 보며 말했다.

"르이벤 왕이시여, 나는 모험가이자 주신의 전사인 한니발입니다."

"주신의 전사? 그대가 나와 같은 신을 모시는 사람이란 말인가?"

르이벤이 진지한 표정을 지었다. 그러다가 고개를 흔들며 물었다.

"혹시 그대는 나를 만난 적이 있소? 왠지는 모르지만 익숙한 느낌이 드는구려."

르이벤이 느닷없이 존대를 사용했다. 아무래도 주신의 전사라는 말이 영향을 미친 것 같았다.

그런데 내가 익숙하게 느껴진다고?

그건 정말 듣던 중 다행인 말이었다.

'당연하지! 내가 너의 주인인데!'

당장에라도 소리를 쳐 주고 싶었지만 그건 그다지 도움이 되는 행동이 아니다.

이민준은 친숙한 표정을 지으며 말했다.

"나 또한 르이벤 왕이 익숙합니다."

그러자 르이벤의 표정이 묘하게 바뀌었다.

턱-

르이벤이 말에서 내렸다.

그러고는,

철컥- 철컥-

이민준에게 다가오며 말했다.

"그대는 뭔가 거대한 존재인 것 같구려. 또한 할루스의 전사라고도 말했지요. 그렇다면 묻겠소. 나를 도와 주신의 위업을 달성하지 않겠소?"

르이벤이 손을 내밀었다.

'설마 그건가?'

이민준은 순간 뭔가를 알 것 같았다.

그게 뭐냐고?

인간의 내면엔 많은 자아가 존재한다는 걸 책을 통해 알고 있었다.

그렇다는 건 밖으로 표출되는 성격이 그 자아 중 하나라는 소리기도 할 거다.

이민준은 고개를 들어 르이벤을 쳐다봤다.

이 사람 또한 섀도우 나이트의 자아 중 하나일 거다.

아니, 어쩌면 섀도우 나이트가 르이벤의 자아 중 하나일지도 모르지.

단지 르이벤 왕의 기억이 밖으로 표출될 수 없는 건 내면 깊숙한 곳에 봉인되어 있기 때문일 거고 말이다.

그렇다는 건 지금 눈앞에 있는 르이벤은 오랜 기간 기억 속 '아메 카이드만'을 헤매고 다녔다는 소리일 거다.

그렇게 생각하자 뭔가 번뜩하며 떠올랐다.

'내가 르이벤을 숨겨진 무덤으로 데리고 가서 이 방황을 끝내면 섀도우 나이트가 각성할 수 있지 않을까?'

풀어야 할 퀘스트를 풀지 못하고 평생 들판만을 헤매는

기억!

 이민준은 르이벤과 눈을 마주쳤다. 그러고는 그가 내민 손을 맞잡았다.

 그러자,

 츠팟-

 놀랍게도 강한 반응이 일어나며 뜨거운 기운이 오른손을 타고 올라왔다.

 파바바박-

 폭죽이 터지듯 머릿속에 르이벤에 관한 진실이 마구 떠올랐다.

 '그래! 맞아!'

 물론 이민준이 유추해 낸 사실이기도 했지만, 이걸 확신시켜 준 건 주신의 상처였다.

 이민준은 고개를 끄덕였다.

 '르이벤을 숨겨진 무덤으로 데리고 가면 되는구나!'

 그렇게 되면 르이벤의 봉인된 기억이 풀릴 거고, 새도우 나이트가 각성을 하게 되는 거다.

 드디어 방법을 찾았다!

 속으로 쾌재를 불렀다.

 그런데 놀라운 일은 거기서 끝나지 않았다.

 "당신, 당신은 나와 무슨 관계가 있는 것 같구려."

 르이벤 또한 조금 전 이민준과의 악수를 통해 무언가를

느낀 것 같았다.

뭔가 벅찬 감성 같은 것 말이다.

이민준은 르이벤에게 물었다.

"제가 누군지 알아보시겠습니까?"

르이벤이 고개를 흔들었다.

"아니요. 그것까진 모르겠소. 하지만 그대가 나에게 매우 호의적인 존재라는 건 알겠습니다."

이민준은 뭔가 뭉클한 감정을 느꼈다.

비록 섀도우 나이트와 독립적인 기억을 가지고 있다고 해도 이렇게 감정적으로 연결될 수도 있다는 거다.

'짜식.'

코끝이 찡했지만 그걸 겉으로 표현하지는 않았다.

그래. 그 정도면 됐다.

마음을 급하게 먹을 필요는 없으니까.

"그렇습니다, 왕이시여. 나는 당신에게 호의적인 존재가 맞습니다. 내가 그대의 위업을 마무리 지을 수 있도록 돕겠습니다. 그러니 서두릅시다. 폭풍이 점점 가까이 오고 있습니다."

르이벤이 하늘을 바라보았다.

콰릉- 쿠릉-

비는 점점 줄어들고 있었지만, 하늘은 더욱 어두워지고 있었다.

상서롭지 않은 기운이었다.

끄덕-

"알겠소, 한니발이여."

타각- 타각-

르이벤이 손짓을 하자 새로운 말 한 마리가 다가왔다.

"그대가 탈 말이오. 이걸 타고 나와 함께 숨겨진 무덤으로 갑시다."

이곳은 르이벤의 세상이니까.

그가 진짜로 믿는다면 이렇게 탈것이 생기기도 하는 거다.

획-

르이벤이 자신의 말에 올라탔다.

차작-

이민준도 몸을 날려 말 위로 올랐다.

두 사내가 서로 눈빛을 주고받았다.

그러고는,

끄덕-

히이힝!

타다닥- 타다닥-

전방을 향해 달려 나갔다.

타다닥- 타다닥-

푸르르!

얼마를 달렸을까?

이민준은 멀지 않은 곳에서 익숙한 기운이 풍겨 오고 있음을 알 수 있었다.

그리고 그건 다름 아닌 주신의 기운!

이민준만큼 주신의 기운을 잘 느낄 수 있는 사람이 있을까?

'숨겨진 무덤이다!'

길게만 이어지던 평야였다.

그런데 어느 순간인가 산이 보이기 시작하더니, 이내 작은 언덕과 무너진 신전이 눈에 들어왔다.

이민준은 르이벤을 향해 소리쳤다.

"저곳입니다! 저곳에 숨겨진 무덤이 있습니다."

"저 무너진 신전에 말입니까?"

"맞습니다."

"오오!"

투구 사이로 보이는 르이벤의 눈이 반짝였다.

그가 그토록 찾아 헤맸던 숨겨진 무덤이다.

'됐어! 이젠 된 거야!'

저곳까지만 가면 된다. 그러면 새도우 나이트가 왕으로 각성하게 되는 거다.

그렇게 생각할 때였다.

번쩍번쩍-

콰그긍-

'뭐지?'

불길하리만치 조용하던 하늘이었다.

그런 하늘에서 갑작스레 번개와 천둥이 요란하게 치기 시작했다.

타다닥-

열심히 달리던 말들이 화들짝 놀라며 급하게 멈추었다.

그러고는,

히이이이힝!

앞발을 들고는 마구 난리를 쳤다.

"이런!"

이민준은 서둘러 말에서 뛰어내렸다.

"이익!"

르이벤도 두툼한 주머니와 자신의 무기를 챙겨서는 말에서 내렸다.

끼히히히힝!

겁을 먹은 말들이 반대 방향으로 도망치고 말았다.

"어찌 이런 일이!"

르이벤이 주변을 둘러보며 허탈하게 소리쳤다.

"후우."

이민준은 크게 숨을 내쉬었다.

하늘을 잔뜩 뒤덮고 있던 멜탄스의 기운이다. 그런데 그것들이 어느샌가 지상에서도 느껴지기 시작한 거다.
이민준은 르이벤을 보며 말했다.
"적입니다. 적이 이곳에 있습니다."
"적이라고요? 그렇다면 이 불길한 기운이 모두 적이란 말입니까?"
"맞습니다."
"흥! 저 폭풍이 결국 악마라는 소리였군! 모습을 드러내라, 이 망할 악마야!"
르이벤이 화가 난 것처럼 하늘과 지상을 향해 소리쳤다.
"내가 가장 혐오하는 게 악마지! 나와라! 네놈들의 멱을 따 버리마!"
챙-!
르이벤이 검을 뽑아서 이민준에게 내밀었다. 그러고는 물었다.
"싸울 수 있겠소?"
물론!
끄덕-
이민준은 고개를 끄덕여 주었다.
"역시 든든하오."
르이벤이 마음에 들었다는 듯 손으로 자신의 가슴을 팡팡 쳤다.

챙-!

그러고는 르이벤도 여분의 검을 뽑아 들었다.

그는 들고 내렸던 자루를 허리춤에 묶었다.

스슥-

이민준은 검을 든 채로 전방을 노려봤다.

놈들은 이 근처에 숨어 있는 게 분명했다.

그때였다.

꽈드득- 꽈드득-

땅에서 나무가 솟구치듯 새까만 수의 적들이 나타났다.

'만만치가 않겠는걸?'

이민준은 검을 고쳐 잡으며 전투 자세를 취했다.

제9장

멜탄스

까드드득- 까드드득-

비정상적으로 몸을 비틀면서 땅에서 튀어나온 놈들은 마치 시체처럼 보였다.

무덤에서 살아 나온 좀비 같은 모습.

썩어 문드러진 얼굴과 뼈가 훤히 드러나 보이는 몸통, 흘러내리고 있는 내장까지.

몸서리가 쳐질 정도로 역겨운 모습이었다.

'후우! 징그럽게도 많네!'

쉬잉- 쉬잉-

이민준은 들판을 가득 메우고 있는 시체들을 바라보며 오른손에 쥔 검을 가볍게 돌렸다.

손목을 풀면서 검과 익숙해지기 위해서였다.

전투를 앞두고 검에서 느껴지는 무게감과 특성을 알아 두는 건 매우 중요한 일이니까.

쉬쉬잉!

크에우으-

검이 번뜩거리자 가까이에 있는 놈들이 입을 벌리며 가래 끓는 소리를 냈다.

멜탄스의 사념이 만들어 낸 적들이다.

놈들이 이민준과 르이벤을 적대시하는 건 어쩌면 당연한 일일지도 몰랐다.

"더러운 구울 놈들!"

르이벤도 전투 자세를 취하며 소리쳤다.

그런데 구울이라고?

"저놈들이 좀비가 아니란 건가요?"

"그렇소. 저놈들은 구울이요. 좀비보다 몇 배는 강한 놈들이죠. 생긴 건 저래도 독이 묻은 손톱과 발톱을 가지고 있어 훨씬 위험한 놈들이라오. 또 좀비와 달리 움직임은 어찌나 빠른지……."

르이벤은 잠시 구울과 이민준을 번갈아 가며 쳐다봤다.

그러고는,

터걱-

등 뒤에 메고 있던 가오리연 모양의 방패를 꺼내어 이민

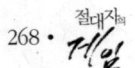

준에게 내밀었다.

일명 카이트 실드라고 불리는 방패였다.

"놈들의 손톱에 긁히지 않으려면 이게 필요할 거요."

이민준은 르이벤을 쳐다봤다.

방패마저 이민준에게 주고 나면 그에게 남는 건 오직 검뿐이었다.

고개를 흔든 이민준은 르이벤을 정면으로 쳐다보며 말했다.

"이건 하나밖에 없는 방패지 않습니까?"

땅땅-

그러자 르이벤이 자신의 갑옷을 두드리며 대답했다.

"나는 이게 방패나 다름없소. 그러니 부디 몸을 보호하시오, 주신의 전사. 내가 그대를 지키겠소."

이런 든든한 사람 같으니라고!

왕께서 하시는 말씀이다.

이런 의견은 적극적으로 수용해 주는 게 맞는 거다.

물론 르이벤이 입고 있는 갑옷이 훨씬 더 단단해 보이기도 했고 말이다.

이민준은 고개를 끄덕이며 방패를 받아 들었다.

크르르르-

어느새 소환이 완벽하게 마무리되었는지 구울들이 몸을 부르르 떨면서 전투를 준비하고 있었다.

'싸워 보자, 이거지?'

이민준은 어금니를 꽉 깨물었다.

후욱- 후욱-

그러자 오른손이 서서히 달궈지기 시작했다.

안타깝지만 주신의 상처로부터 전해지는 힘은 충분하지가 않았다.

이곳은 섀도우 나이트의 세계니까.

바깥에 있을 때와는 달리 강한 힘을 발휘할 수는 없다는 소리다.

하지만 그렇다고 해서 나약한 모습으로 피해만 다녀야 할까?

아니.

어차피 이 전쟁에서 지면 이민준과 섀도우 나이트는 멜탄스의 사념에 지배를 당하게 된다.

이민준의 자아 또한 섀도우 나이트의 세계에 들어와 있으니 말이다.

'그렇게 되느니 차라리 죽어서도 싸우는 게 낫지!'

목숨을 걸어야 할 때가 찾아온 거다.

이민준은 흐느적거리는 구울들을 노려봤다.

크으에으-

그래. 저놈들을 뚫고 '숨겨진 무덤'까지 가야 한다.

죽는 것 따윈 생각도 하지 않을 거다.

무조건 살아서 섀도우 나이트를 각성시켜야 하니까!
이민준은 르이벤에게 소리치며 달려 나갔다.
"갑시다! 무덤으로!"
"무덤? 흐아아! 죽자는 소리는 아니지요?"
"무슨 그런 썰렁한 말을!"
적어도 르이벤은 왕이었기에 목구멍까지 올라왔던 욕은 살짝 삼켜서 넘겨주었다.
크에에-
휙!
이민준은 빠르게 방패를 휘둘렀다.
콰직!
달려들던 구울의 머리가 뭉개지며 뇌수가 쏟아졌다.
케에에에-
사방이 구울이었다.
쉬잉! 촤악-
짧게 검을 돌리자 낫에 잘린 밀처럼 구울의 머리가 바닥으로 떨어져 나갔다.
"흐압!"
이민준은 틈을 주지 않고는 다시 검을 휘둘렀다.
그리고 그럴 때마다 구울의 팔과 다리가 잘려 나갔고,
콰직- 콰득-
방패를 휘둘러 놈들의 갈비뼈와 다리뼈를 부수기도 했다.

"덤벼! 덤벼 보라고! 이 악마 놈들아!"

 옆에서는 든든한 성벽 같은 르이벤이 적을 향해 육중한 몸을 밀고 나가는 중이었다.

 그는 검과 주먹을 이용해 달려드는 구울을 뭉개기도 했고,

"으아아!"

 콰작-

 하늘을 날아 덤벼드는 놈은 그대로 붙잡아 양손으로 찢어 버리기까지 했다.

 대단한 힘이었다.

 하지만 그렇다고 해서 모든 일이 순조롭게만 풀리지는 않았다.

 크아아- 크아아아-

 촤좌좌쫭!

 구울의 공격도 만만치가 않았기 때문이다.

 어찌나 숫자가 많던지 끝도 없이 몰아치는 파도처럼 구울들은 계속해서 이민준과 르이벤을 향해 밀려왔다.

 쉬쉬쉭-

 이민준은 섬뜩한 기분을 느끼며 빠르게 방패를 돌렸다.

 췌에에엥-

 방패에서 불꽃이 번뜩였다.

 쉐쉥- 쉐쉥-

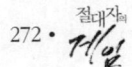

놈들의 손톱과 발톱이 정신없이 쏟아졌고, 이민준은 그걸 막기 위해 검과 방패를 힘껏 휘둘러야 했다.
 구울들은 일반 사람보다 적어도 1.5배 이상의 빠르기로 움직이고 있었다.
 '그렇다고 나는 느리냐!'
 콰직- 콰각-
 비록 바깥에서 가진 힘보다는 약했지만,
 쉬잉- 촤촥-
 크에에에!
 적어도 현실에서 가지고 있는 육체적 능력만큼은 되는 거니까.
 "흐아압!"
 이민준은 빠르게 몸을 비틀며 검을 그었다.
 촤좌좍-
 동시에 3마리의 구울이 목이 잘린 채로 춤을 추었다.
 차작-
 그와 동시에 몸을 돌린 이민준은 반대편을 향해 방패를 들어 올렸다.
 푸욱! 츄악-
 그러고는 팔을 틀어 앞쪽을 가로막고 있는 구울들의 배를 그대로 뚫어 버렸다.
 검을 깊게 찔러 넣으며, 그 힘을 이용해 앞으로 달린 거다.

절격- 콰가가가-

있는 힘껏 밀고 들어가 한 무리의 구울을 뭉개 버렸다.

잠시 주춤하는 사이였다.

크에에에- 카아아아-

주변을 벽처럼 감싸고 있는 구울들이 사방에서 튀어나왔다.

순간 뒤가 비어 버렸다.

이민준은 섬뜩한 기분을 느꼈다.

"이익!"

아차 하며 검을 돌려 등을 보호하려 할 때였다.

"이 더러운!"

쉬쉭! 콰드득-

갑옷을 입은 르이벤이 전차처럼 밀고 들어와 이민준을 공격하려던 4~5마리의 구울을 말 그대로 부숴 버렸다.

그러고는,

"악마 놈들은!"

콰득- 콰득-

검과 주먹을 휘두르고,

"때려 죽여야!"

촤좌좌좌촥-

몸을 돌려 마구 갈아 버렸다.

"속이 시원하지!"

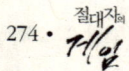

사자후처럼 내지른 일갈이었다.

크아아아-

르이벤의 기세가 어찌나 막강했던지 겁 없이 달려들던 구울들이 순간 주춤하며 뒤로 물러섰다.

"으하하! 꼴좋다! 이 시체 놈들아!"

르이벤 왕은 진정으로 호탕한 싸움꾼이었다.

그렇다면 질 수 없지!

꽈득-

이민준도 검을 강하게 쥐었다.

후욱- 후욱-

그러자 오른손이 더욱 강하게 반응했다.

조금 전보다 훨씬 뜨겁게 느껴지는 기운이다.

'이 정도의 힘은 필요하지!'

어느새 이곳 세계에도 익숙해졌던지 주신의 기운이 점점 강해지고 있었다.

'그렇다면 어디 한번?'

이민준은 방패를 앞세웠다.

그러곤,

"무적 질주!"

스킬을 사용하자,

콰지직-

몸이 앞으로 튀어 나가며 전방을 막고 있는 구울들을 쓸어버렸다.
'좋아!'
이제야 싸울 만해졌다.
그렇다면 앞길을 막고 있는 이딴 시체들은 문제가 될 게 없다는 소리였다.

콰직- 콰각-
촤르륵-
검의 손잡이로 구울의 머리를 빠개 버린 이민준은 팔을 들어 얼굴에 묻은 뇌수를 닦아 냈다.
크라라라-
얼마나 많은 구울을 죽였는지 기억도 나지 않았다.
그저 앞으로 나가며 닥치는 대로 구울들을 부수고, 잘랐으니 말이다.
"추아!"
후웅- 콰직- 퍼걱-
그건 르이벤도 마찬가지였다.
그의 갑옷만 봐도 알 수 있었다.
처음 만났을 땐 반짝이는 은색이었던 그의 갑옷이 온통 더러운 피와 살가죽, 그리고 내장으로 더럽혀져 있었다.
저걱- 저걱- 퍼석-
고개를 흔든 이민준은 전방을 향해 걸으며 바닥을 기고

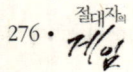

있는 구울의 머리통을 박살 내 버렸다.

 카르르륵-

 남은 구울이라고 해 봐야 앞쪽에 모여서 유세를 벌이고 있는 한 무리의 구울들뿐.

 비록 지치긴 했지만 이런 걸 양보하고 싶지는 않았다.

 "흐압!"

 이민준은 스킬을 사용하며 빠르게 달려 나갔다.

 그러곤,

 휘획! 촤좌장-

 크아아악-

 망설임 없이 구울들을 정리해 버렸다.

 촤악-

 검을 휘둘러 검날에 붙은 피와 살점을 털어 냈다.

 "후우! 후우!"

 그러고는 뒤를 돌아보니 검고 붉은 융단이 깔린 듯 온 천지가 구울의 시체였다.

 엄청난 전투였다.

 또한 이렇게나 많은 구울을 박살 냈다는 것이 믿기지가 않기도 했다.

 이민준은 시선을 돌려 르이벤을 쳐다봤다.

 끼익-

 그러자 그가 자신의 투구 덮개를 올리며 미소 지었다.

믿을 수 있는 동지에게만 보여 줄 수 있는 그런 따스한 미소.

이번 전투를 통해서 르이벤은 이민준에게 강한 전우애를 느낀 것이 분명했다.

"이거 정말! 대단하지 않소? 한바탕 제대로 논 기분이라오! 크하하!"

마음에 쏙 들 만큼 호탕한 웃음이었다.

저격- 저격-

르이벤이 다가오며 말했다.

"당신은 정말 대단한 사람이오! 엄청난 끈기와 용기, 그리고 대담성까지! 존경하오!"

무슨 이런 간지러운 말을!

척-

르이벤이 손을 내밀었다.

다시 한 번 악수하자는 말일 거다.

아니면 답문이라도 받고 싶은 거야?

뭐, 못해 줄 것도 없지만……

이민준은 르이벤이 내민 손을 잡으며 대답했다.

"왕이시여! 그대의 호탕함과 기백이 실로 대단합니다. 그런 분 옆에 있다 보니 저 또한 힘이 나는 것 같습니다! 드디어 이곳까지 왔습니다. 이젠 그대의 위업을 끝내셔야지요."

"아! 그렇지! 그렇소!"

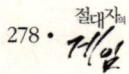

그제야 생각이 났다는 듯 르이벤이 자신의 허리춤을 확인했다.

단단하게 묶어 두었던 자루다.

"다행히 잃어버리지 않았구려! 망할 악마 놈들!"

이민준은 르이벤이 들고 있는 자루를 쳐다봤다.

'검은 비석!'

멸망의 모습 중 하나이다.

"가야 하오! 가서 우리 세상을 위협하는 놈들을 모두 봉인해 버려야겠소!"

끄덕-

이민준은 르이벤과 함께 부서진 신전 터로 들어섰다.

쿠르르릉-

어느새 옅어진 하늘 위로 낮은 으르렁거림이 들렸다.

'어때? 두렵지?'

멜탄스는 자신의 사념을 쥐어짜서는 어떻게든 이민준과 르이벤을 막으려 했었다.

'하지만 실패했지!'

이젠 네놈의 죽음만이 남은 거다!

터덕-

신전 터로 들어선 르이벤이 빠르게 주변을 둘러봤다.

이 안에 숨겨진 무덤이 있는 게 분명했다.

르이벤이 난감한 얼굴로 말했다.

"후우! 이것 참, 나는 무덤이 어디에 있는지 찾을 수가 없다오."

"그건 제가 찾아보도록 하죠."

이민준은 정신을 집중했다.

주신의 성지 중 첫 번째가 바로 이곳이다. 그리고 멀리에서도 주신의 기운을 느끼고 찾아오기도 했다.

'저기다!'

그런 주신의 기운이 풍기고 있는 숨겨진 무덤을 찾는 건 일도 아니었다.

"이쪽입니다. 따라오세요."

이민준은 앞장서서 걸었다.

신전의 끝 쪽이었다.

후욱- 후욱-

멸망을 막는 첫 번째 퀘스트이자 섀도우 나이트를 각성하게 만들 바로 그 장소.

터덕-

이민준은 자세를 낮추었다. 발아래 깔린 돌과 나무를 치우기 위해서였다.

자각- 저격-

"이곳이오?"

르이벤이 놀란 눈으로 물었다. 이민준이 갑자기 멈춰 서서 돌무더기를 치웠기 때문이다.

"그렇습니다, 왕이여."

"그렇다면 나도 같이하겠소."

마음이 급했던지 르이벤도 빠르게 합류해서 바닥을 막고 있는 돌과 나무를 치웠다.

터걱-

마지막 돌을 치웠을 때였다. 바닥에 박힌 붉은색의 네모난 석판이 눈에 들어왔다.

"여, 여기오!"

"그렇습니다."

이민준도 석판으로부터 뿜어지는 주신의 기운을 분명하게 느낄 수 있었다.

"그렇다면……."

진지한 표정을 지은 르이벤이 자루를 열어 검은 비석을 꺼내 들었다.

흐르릉-

마치 맹수 앞의 겁을 먹은 초식동물처럼 사악한 기운을 풍기는 검은 비석이 부르르 떨렸다.

그렇겠지!

네놈을 영원히 묶어 놓을 수 있는 존재는 오직 주신밖에 없을 테니까!

이민준은 숨을 죽인 채로 르이벤을 바라봤다.

눈을 감고 주문을 외운 르이벤이 검은 비석을 양손에 든

멜탄스 • 281

채로 무릎을 꿇으며 외쳤다.

"세상을 창조하신 주신이시여! 당신의 뜻을 거스르는 불완전한 것을 모두 거둬 주소서! 당신의 자녀들이 완전한 존재가 될 수 있도록 이 뜻을 받아 주소서!"

그러곤,

콰득-

숨겨진 무덤 위에 검은 비석을 내리쳤다.

그러자,

콰스스-

순간 밝은 빛이 주변으로 뿌려졌다.

눈을 뜰 수 없을 만큼 강한 빛!

"크윽!"

이민준은 빠르게 손을 들어 눈을 보호했다.

후아아악!

주변이 강하게 흔들렸다.

마치 세상이 무너질 것처럼!

콰드등-

커다란 소리와 함께 빛이 사라졌다.

이민준은 눈을 크게 뜨고는 정면을 바라봤다.

시선이 바뀐 곳은 다름 아닌 멜탄스의 심장이 봉인된 방이었다.

드디어 섀도우 나이트의 세상에서 밖으로 나온 거다.

또한 그렇다는 건, 섀도우 나이트의 각성에도 성공했다는 소리일 거다.

이민준은 속으로 쾌재를 불렀다.

하지만 그것도 잠시,

쫘등- 쫘드등-

커다란 소리와 함께 온 세상이 출렁였다.

'뭐야?'

이민준은 불길한 기운을 느꼈다.

난리가 난 것이다.

쫘웅-

강한 충격과 함께 천장이 흔들렸다.

쿠스스- 바삭!

그러고는 천장에서 돌 조각과 먼지가 잔뜩 쏟아져 내렸다.

방이 무너지고 있는 것 같았다.

지속해서 충격이 가해진다면 방 전체가 함몰될지도 모르는 상황이다.

'이런!'

이민준은 사태를 파악하기 위해 빠르게 주변을 확인했다.

콰직- 빠직-

보호막 안에 있는 멜탄스의 기운이 미친 듯이 날뛰고 있었다.

그 때문이었는지 멜탄스를 가두고 있는 보호막에는 바닥에 떨어져 깨진 스마트폰의 액정처럼 여기저기에 실금이 잔뜩 가 있었다.

'보호막이 무너진다고?'

있어서는 안 될 일이었다.

그때였다.

"형! 저도 더 이상은 견딜 수 없어요! 놈의 힘이 너무 강해졌어요!"

소리를 지른 드래곤은 다름 아닌 아서베닝이었다.

그렇구나!

이민준은 그제야 아서베닝이 멜탄스의 발악을 힘겹게 막아 내고 있음을 알 수 있었다.

그렇다면?

'섀나!'

이민준은 빠르게 섀나를 확인했다.

멜탄스를 막을 수 있는 건 오직 각성한 섀나뿐이니까.

((흐어어!))

섀나는 여전히 그림자의 형상을 하고 있었다.

'각성해도 겉모습은 여전하다는 소린가?'

고개를 흔들었다.

지금 중요한 건 그런 게 아니니까.

"섀나!"

((흐어어! 주인님!))

섀도우 나이트가 이민준을 향해 성큼 다가왔다.

'어?'

이민준은 무언가가 달라졌다는 걸 알 수 있었다. 그리고 그건 다름 아닌 섀도우 나이트의 이름이었다.

물론 다른 사람들의 눈에는 섀도우 나이트의 이름이 보이지 않는다.

이민준의 소환수였기 때문이다.

하지만 이민준은 분명 섀도우 나이트의 이름을 볼 수 있었다.

그리고 녀석의 머리 위에 떠 있는 이름!

〈킹 섀도우 나이트〉

'이 자식! 각성해서 킹 섀도우 나이트가 되었구나!'

뭔가 살짝 유치한 기분이 느껴지긴 했지만, 그래도 뿌듯한 기분이 들었다.

그때였다.

"혀엉!"

아서베닝의 힘겨운 절규!

그래! 맞다!

"섀나! 멜탄스를 해치워!"

((흐어어! 주인님! 제가 주인님이 가지신 '절대자의 자격'을 사용해도 괜찮겠습니까?))
　"네가 절대자의 자격을 사용한다고?"
　((저 또한 한때는 할루스 님을 따랐던 신자! 각성한 지금은 주인님의 허락만 있다면 그 기운을 공유할 수 있습니다.))
　"그래? 좋아! 멜탄스를 해치우는 데 필요하다면 당연히 협조해야지!"
　((감사합니다! 주인님!))
　후으윽-
　이민준이 허락을 하자 킹 섀도우 나이트의 몸에서 강력한 기운이 일었다.
　익숙한 기운.
　바로 주신의 힘을 사용하는 절대자의 자격이었다.
　스스슥-
　킹 섀도우 나이트가 바닷속을 자유롭게 유영하는 물고기처럼 빠르게 어둠 속을 뚫고 나갔다.
　그러자,
　드득-
　놀랍게도 건물의 진동이 멈추었다.
　"으허!"
　그제야 아서베닝이 힘겨운 숨을 내뱉으며 휘청였다.

"베닝! 괜찮아?"

"예. 이제 됐어요. 멜탄스의 힘이 순식간에 줄어들었거든요."

이민준은 고개를 끄덕이며 아서베닝을 부축해 주었다. 그러고는 유리병에 갇힌 생쥐처럼 어쩔 줄을 몰라 하는 멜탄스를 노려봤다.

놈은 겁을 먹은 게 분명했다.

그리고 그 이유는 다름 아닌,

스스스-

킹 섀도우 나이트 때문이었다.

《르이벤! 나의 원수!》

멜탄스의 가래 끓는 목소리가 방 안을 가득 메웠다.

놈의 마지막 발악이겠지!

스슥-

당당하게 다가간 킹 섀도우 나이트가 보호막 앞에 섰다.

보라! 저 늠름한 모습을!

차르릉-

킹 섀도우 나이트가 강한 기운을 보내자 주변이 심하게 떨렸다.

겁을 먹은 멜탄스가 몸을 부들부들 떨고 있는 것이리라.

(((흐어어! 멜탄스! 오랜 세월 너의 종말을 보고 싶었다! 잘 가라, 더러운 악마여!))

터덕-

킹 섀도우 나이트가 양손을 보호막 위에 올렸다.

《안 돼! 안 돼에에!》

멜탄스가 발악을 했지만,

후아아악-

킹 섀도우 나이트는 망설이지 않고는 바로 자신과 주신의 기운을 보호막 안으로 밀어 넣었다.

크아아아!

콰르르릉-

처참한 비명과 함께 공간이 크게 흔들렸다.

후으으윽-

"으윽!"

"아악!"

이민준은 절대자의 자격을 불러일으켜 자신과 아서베닝을 보호했다.

엄청난 에너지를 가지고 있는 악마의 심장이다.

그런 악마의 심장이 한참을 반항하다가, 이내 킹 섀도우 나이트의 힘에 의해 서서히 빛을 잃어 가고 있었다.

콰르륵- 콰각-

순간 짙은 어둠이 사방으로 번진 다음이었다.

후아악!

주변으로 흩뿌려졌던 강한 기운이 빠르게 방의 중앙으

로 모였다.
 그러곤,
 슈우우욱-
 강력했던 악마의 기운이 단숨에 골프공 크기만 하게 변해 버렸다.
 ((흐어어!))
 킹 섀도우 나이트가 다가가 작은 공을 들어 올렸다.
 그러고는,
 스스슥-
 이민준에게 다가와 말했다.
 ((주인님, 이걸 흡수하소서.))
 "뭐? 이걸?"
 이민준은 시커먼 공과 킹 섀도우 나이트의 얼굴을 번갈아 가며 쳐다봤다.
 이건 다름 아닌 악마의 심장이 쪼그라들며 남은 악의 결정체였다.
 그런데 그런 걸 나보고 흡수하라고?
 그러자 킹 섀도우 나이트가 말했다.
 ((지금 당장은 저와 주신의 힘으로 멜탄스의 기운을 묶었습니다. 물론 불안하게 봉인했던 이전과는 달리 더욱 단단하게 봉인하여, 앞으로 4~5천 년은 끄떡없이 이 모습으로 남을 겁니다.))

잠시 숨을 고른 킹 섀도우 나이트가 말을 이었다.

((하지만 결국 악은 사라지지 않습니다. 언젠가는 부활하는 놈들의 힘을 얻어 다시 살아날 겁니다. 그러니 차라리 주인님께서 흡수하시어 놈의 힘을 이용하소서.))

어차피 살아날 거니까 차라리 흡수해서 내 거로 만들라는 거잖아?

그게 가능한 일일까?

그렇게 생각할 때였다.

"맞아요, 형. 섀나, 섀나? 아니, 뭔가가 달라지긴 했지만, 아무튼 저 존재가 하는 말이 맞아요."

뛰어난 지식을 가지고 있는 아서베닝마저 킹 섀도우 나이트의 말에 동조했다.

그뿐만이 아니었다.

후욱- 후욱-

오른손이 뜨겁게 달아올랐다.

주신의 상처 또한 멜탄스의 심장을 흡수하길 바라고 있는 거다.

하기야.

한때는 르이벤이었던 킹 섀도우 나이트가 절대자의 자격을 이용해 완벽하게 묶어 버린 악의 기운이다.

그렇다는 건, 이 작은 공이 강력한 독성을 제거한 안전한 음식일 뿐이라는 소리였다.

'그런데 정말 아무 문제 없이 이걸 흡수할 수 있을까?'

후욱- 후욱-

그렇게 생각하자 다시금 주신의 상처가 반응했다.

그대라면, 그대라면 놈의 기운에 휩쓸리지 않고 이겨 낼 수 있으리라!

주신은 마치 그렇게 외치고 있는 것 같았다.

'좋아!'

그렇다면 뭘 망설일까?

콰득-

이민준은 시커먼 공을 쥔 오른손에 힘을 주었다.

그러자,

스아아악-

순간 머리가 깨질 것 같은 고통과 함께 온몸으로 사악한 기운이 퍼져 나갔다.

카아아아앙!

'크윽!'

마치 온몸을 믹서기에 넣고 갈아 버리는 것만 같았다.

온 신경이 곤두서고, 몸의 마디마디가 썰려 나가는 기분!

'이게, 끄윽! 엄청, 아윽! 고통스러운, 크윽! 거잖아!'

이민준은 어금니를 꽉 깨문 채로 어떻게든 이 고통을 이겨 내기 위해 노력했다.

하지만 그게 쉬운 일일까?

크아아아! 르이벤! 할루스!

몸속으로 들어온 멜탄스의 기운이 마구 반항을 했다. 내장을 찢고, 살점을 뜯어내겠다는 듯 말이다.

(이게 뭐야? 또 뭘 빨아들인 거야?)

(우리 힘으로도 부족한 거냐? 적당히 해야지!)

(맞아, 맞아. 내가 하고 싶었던 말이야!)

(하아! 진짜 이 녀석 때문에 제대로 쉬지도 못하는구나! 아구! 아파라!)

난리를 치는 멜탄스의 기운 때문에 몸속에서 숙면을 취하며 에너지를 회복하던 일곱 왕이 깨어나고 말았다.

(젠장! 어설프게 대응하다가 괜히 악마 놈한테 몸을 뺏기지 마라!)

(맞아! 맞아! 그럴 거면 처음부터 나를 줬어야지!)

'이런!'

이민준은 고통스러운 와중에도 울컥함을 느꼈다.

그렇잖아도 아파 죽겠는데 일곱 왕이 하는 소리가 얄미웠기 때문이다.

'안 준다! 안 줘! 크윽! 이 몸은 그대들에게도 안 줄 거고! 아윽! 악마 새끼한테도 안 줄 거다!'

카르르르륵-

비록 몸 전체가 조각나는 기분이었지만 이민준은 집중력

을 끌어 올렸다.

'크아악!'

고통스러운 거?

아프고 끔찍한 거?

그런 거 징그럽게 많이 겪었다.

멜탄스 네놈이 노리는 게 고통을 이용한 공포와 두려움이겠지?

공황 상태에 빠져서 자신을 잃어버리는 사람이야말로 악마들의 쉬운 먹잇감일 테니까.

하지만 이민준은 달랐다.

'더 이상 발악하지 마라! 나는 주신의 전사이자 고대 미친 일곱 왕의 힘을 흡수한 한니발이다!'

가슴속 깊은 곳에서부터 강한 자신감과 적을 무너트릴 수 있다는 투지를 불러일으켰다.

그러자,

후으으윽-

온몸에서 뜨거운 기운이 일었다.

주신의 기운도 아닌, 그렇다고 일곱 왕의 기운도 아닌 바로 이민준 자신의 영혼이 끓어오르는 기분!

'나 이외의 누구도! 나 자신의 주인이 될 수 없다!'

그렇게 생각하자,

후으으으윽-

크아아아- 카아아아-
발악하던 멜탄스의 기운이 이내 한데로 뭉쳤다.
그러고는,
화으으윽-
빠르게 이민준의 몸으로 빨려 들어갔다.

번쩍-!
자연스럽게 눈이 떠졌다.
이곳은 바로 처음부터 서 있었던 멜탄스의 심장이 봉인되었던 바로 그 방이다.
"형!"
((흐어어! 주인님!))
아서베닝과 킹 섀도우 나이트가 이민준에게 소리쳤다.
뭔가 달라진 걸 저들도 느끼고 있는 거다.
그때였다.
띠링-
[카라 : 강력한 상급 악마인 멜탄스의 심장을 모두 흡수하였습니다.]
그와 동시에,
화으윽!
이민준의 몸에서 강한 빛이 일었다.
그러곤,

띠링-

[카라 : 축하합니다. 레벨 업을 하셨습니다.]

[카라 : 축하합니다. 레벨 업을 하셨습니다.]

[카라 : 축하합니다. 레벨 업을 하셨습니다.]

"오오! 형! 레벨 업이에요!"

((주, 주인님! 지존 레벨을 뛰어넘으셨습니다!))

이민준은 아서베닝과 킹 섀도우 나이트에게 고개를 끄덕여 주었다.

3레벨을 올렸다!

그렇다는 건 드디어 200레벨을 넘었다는 소리고, 거기에 두 레벨이 더 보태져 무려 202레벨이 되었다는 거다.

후욱- 후욱-

전신이 뜨겁게 달아올랐다.

띠링-

[카라 : 축하합니다. 한니발 님은 지존 레벨을 달성하셨습니다.]

[지존 레벨 달성 보너스가 주어집니다.]

[모든 스탯에 추가 스탯 +50이 주어집니다.]

[지존 레벨 이후 레벨 업을 할 때마다 총 15개의 스탯이 주어집니다.]

[명성이 +300 됩니다.]

[대륙의 모든 플레이어가 지존을 알아봅니다.]

이민준은 눈앞에 뜬 안내 문구를 확인했다.

지존 레벨이 된 것만으로도 벅찬 일이었다. 그런데 거기에 주어지는 보상이 만만치가 않았다.

보너스 스탯이라니!

이건 정말 좋은 거였다.

그런데 거기에 1레벨 업당 주어지는 스탯이 15개.

예전에는 1레벨 업당 총 10개의 스탯을 줬었다.

그렇다는 건 예전보다 5개의 스탯을 더 준다는 의미다.

'오호! 나쁘지 않아!'

물론 지존 이후의 레벨 업은 지독히도 힘들고 어려운 과제였다.

그렇다고 해도 5개의 스탯을 더 준다니, 이게 어디인가?

이민준은 만족한 미소를 지었다.

"와! 형! 정말 좋겠어요! 인간들은 지존 레벨을 못 올려서 그렇게 난리라면서요?"

아서베닝이 순진한 얼굴로 저런 말을 내뱉는다.

그렇겠지! 너희 드래곤들은 선천적으로 레벨 업 하는 기술을 타고났으니까!

"고맙다, 베닝아."

이민준은 고개를 끄덕여 주었다.

당연히 다름을 인정해야 한다.

인간과 드래곤은 엄연히 다른 종족이니 말이다.

((흐어어! 감축드리옵니다, 주인님.))

든든한 킹 섀도우 나이트가 다가왔다.

"섀나, 르이벤의 기억은 모두 각성한 거야?"

((그렇사옵니다.))

어쩐지 말투가 사극으로 바뀌었다 싶었다.

"넌 한때 왕이었는데, 내 소환수로 괜찮겠어?"

((당연합니다! 아무런 문제가 없습니다!))

"그래? 네 기억 속에서 우린 서로 존댓말도 쓰고 그랬잖아."

((저는 전혀 상관하지 않소. 주신의 전, 아, 아니, 주인님.))

어라? 이 녀석 봐라?

"뭐야? 내가 존댓말 써 주기를 바라는 거냐?"

((흐어어! 그, 그럴 리가 있겠소이나습니까?))

"말투가 왜 그래?"

((아, 아닙니다. 그, 그저 예전 기억과 살짝 헷갈렸을 뿐입니다.))

이걸 그냥 꽉!

살짝 그런 생각이 들었지만, 그냥 웃고 말았다.

당연히 헷갈릴 거다.

각성한 지 얼마 안 되었으니까.

이런 일은 시간을 두고 천천히 익숙해지는 거다.

"좋아! 그럼 올라가 볼까?"
"네! 형!"
((흐어어! 알겠습니다!))
이민준은 일행들과 함께 방을 나섰다.

제10장

두 번째 퀘스트

덜컹-

승강기의 문이 열렸다.

"타자."

이민준이 먼저 올랐고, 그 뒤를 아서베닝과 킹 섀도우 나이트가 따랐다.

달칵-

마법으로 움직이는 승강기였기에 일행이 모두 타자 자동으로 문이 닫히며 작동했다.

스으응-

조금의 시간이 흐른 후였다.

털컹- 드르륵-

위층에 도착하자 승강기가 멈추고는 이내 문이 열렸다.
이민준은 정면을 쳐다봤다.
"오빠!"
"한니발!"
"오오! 한니발 님!"
놀랍게도 나머지 일행들이 승강기 앞에서 기다리고 있었다.
'이 사람들이 왜 여기에 남아 있지?'
이민준은 의아한 눈으로 물었다.
"조이나스 족장님께 대피하라는 말을 못 들으셨어요?"
"들었습니다."
민망한 얼굴로 대답한 사람은 카소돈이었다. 그의 손에는 이동 마법 주문서가 들려 있었다.
악마의 심장을 보러 가기 전, 불의의 사태에 대비하기 위해 이민준이 나누어 준 마법 주문서였다.
이민준은 그런 마법 주문서를 가리키며 말했다.
"그런데 아직까지 여기에 계시면 어떻게 해요? 대피 지점으로 가셨어야죠."
"그게… 사실 나도 이 친구들에게 어서 여길 떠나라고 당부를 했답니다."
"그렇게 말씀하시고는 카소돈 할아버지는 계속 남아 계셨잖아요."

루나가 선생님께 혼난 학생처럼 시무룩한 표정을 지으며 한 말이었다.

"허허! 나는 주신의 사제이지 않더냐? 내가 어찌 주신의 전사를 버리고 혼자 도망을 간단 말이냐?"

"그건 저도 마찬가지예요. 저는 한니발과 함께하고 싶었어요."

이번에 말을 한 사람은 앨리스였다.

"몰라, 몰라. 나는 타이밍을 놓쳤을 뿐이야."

힐러인 에리네스는 민망한 듯 시선을 피하고 있었다.

이 사람들이?

물론 함께하고자 하는 마음은 고마운 거였다.

자신들의 목숨만큼이나 이민준을 믿고 있다는 뜻일 테니 말이다.

하지만 그렇다고 해도 불확실한 일에 아까운 생명을 던질 필요가 있을까?

이민준은 고개를 흔들며 말했다.

"여러분이 저를 생각해 주시는 건 정말 고마운 일입니다. 하지만 만약 저와 함께 이 여정을 끝내고 싶으시다면 앞으로는 저의 의견을 적극적으로 따라 주셨으면 좋겠습니다."

잠시 숨을 고른 이민준은 말을 이었다.

"이번엔 여러 가지로 일이 잘 풀려서 큰 사고를 막을 수 있었습니다. 하지만 이후의 퀘스트에서도 계속해서 좋은 결과가 나올 거란 보장은 없습니다. 그러니 앞으로는 꼭 제 말을 따라 주셨으면 좋겠습니다."

이건 진심이었다.

생각해 보라.

만약 힘이 부족해서 악마의 심장을 막아 내지 못했다면 지금 이 자리에 서 있는 사람들은 모두 죽은 거나 마찬가지인 거다.

그런 이민준의 뜻을 금세 알아챘는지 카소돈이 미안한 얼굴로 말했다.

"이것 참, 제가 한니발 님의 뜻을 제대로 파악하지 못한 것 같군요. 앞으론 조심하도록 하겠습니다."

"죄송해요, 오빠. 그런 깊은 뜻이 있는 줄은 몰랐어요."

"미안해요, 한니발."

"읔! 저도 죄송합니다."

모두가 하나같이 죄지은 사람처럼 시선을 내리깔았다.

꼭 이런 분위기를 노린 건 아니었는데…….

괜스레 미안한 마음이 들었다.

이민준은 애써 밝은 표정을 지으며 말했다.

"일부러 싫은 소리를 하려고 그런 건 아니에요. 단지 여러분들의 목숨이 저에게도 매우 중요하다는 걸 알아주셨으면 합니다. 그러니 목숨을 소중히 하세요. 그게 첫 번째입니다."

"허허! 그리하겠습니다."

"네!"

"알았어요."

"호호! 그럴게요!"

이민준의 부드러운 말투에 일행들의 표정이 금세 풀어졌다.

'이런! 단순한 사람들 같으니라고!'

어쩌면 그게 매력적인 이들인지도 몰랐다.

그러다 이제야 생각이 났다는 듯 카소돈이 물었다.

"그런데 멜탄스의 위협은 완벽하게 사라진 건가요?"

"그렇습니다!"

이민준은 일행들에게 아래층에서 벌어진 일들을 설명해 주었다.

"허어! 역시 주신의 전사십니다."

"와! 대단해요!"

"멋지게 해결하셨네요!"

일행들의 부담스러운 칭찬이 폭풍처럼 지나간 후였다.

"그, 그럼 섀나였던 저 존재는 이제 킹섀나가 되어 버린 건가요?"

크마시온이 뭔가 불안한 눈빛으로 물었다. 이민준은 고개를 끄덕이며 대답해 주었다.

"그렇지. 뭐, 그렇다고 해도 그냥 섀나라고 불러도 되잖아."

"그, 그래도 왕이잖아요."

아하! 그거냐?

이민준은 크마시온이 느끼고 있는 불안감을 알아챘다.

자신과 동급으로 생각하고 있던 섀도우 나이트가 킹 섀도우 나이트가 되면서 신분이 급격하게 상승한 거다.

눈치라면 기가 막히게 빠른 크마시온이었기에 킹 섀도우 나이트를 어떻게 대해야 할지를 고민하고 있는 거다.

그런데 의외로 해답은 간단하게 나왔다.

((흐어어! 그냥 전과 똑같이 대해라. 난 특권 의식 같은 거 없다.))

역시나 대인답게 킹 섀도우 나이트가 정리를 했다.

"그, 그래? 그래도 되는 거야?"

크마시온이 신이 난다는 듯 턱을 달그락거리며 다가왔다.

((그래도 건방진 태도는 용서하지 않겠다.))

"히, 히끅! 아, 알았어! 킹섀나. 헤헤!"

확실히 크마시온에게선 간신의 피가 흐르는 것 같았다.

고개를 흔든 이민준은 카소돈에게 물었다.

"수인족들은 모두 피난을 간 건가요?"

"일반 수인족들은 그렇습니다. 하지만 조이나스 족장과 장로들은 모두 남아 있습니다."

"그래요? 그들은 어디에 있죠?"

"밖에 있을 겁니다. 지상에 모여서 할루스 님께 기도를 드린다고 했으니까요."

그렇다는 건 수인족들은 이번 사태가 해결되었다는 걸 모른다는 뜻이기도 했다.

"그럼 올라가 볼까요?"

"좋습니다."

이민준은 일행들과 함께 지상으로 올라가는 승강기로 향했다.

저벅- 저벅-

기다란 지하 계단을 지나 지상으로 머리를 내밀자 북부의 얼음장 같은 밤바람이 뺨을 스쳤다.

터걱-

이민준은 지상으로 발을 내디뎠다.

그러자,

"오오! 한니발 님!"

이민준을 가장 먼저 발견한 조이나스가 놀란 눈으로 뛰어왔다.

다다다닥-

그리고 그 뒤를 다른 장로들이 따랐다.

"서, 성공하신 겁니까? 악마의 심장을 완전히 소멸시키신 겁니까?"

사자 머리 족장이 기대에 찬 눈으로 물었다.

이민준은 조이나스와 눈을 마주하며 대답해 주었다.

"그렇습니다. 이제 더 이상 멜탄스의 심장 때문에 걱정하지 않으셔도 됩니다."

"아아! 세상에!"

"으흑! 주신이시여!"

"할루스여! 감사합니다!"

장로들의 틈에서 감탄과 탄성, 그리고 흐느낌이 터져 나왔다.

목숨을 구했다는 안도감이 첫 번째였을 거다.

그리고 그다음은 자신들의 과업을 그들의 세대에서 이루었다는 감동이었을 거고 말이다.

"흐윽! 감사합니다! 정말 감사합니다! 주신의 전사여! 그대가 우리의 염원을 풀어 주었습니다. 그대가 우리의 생명을 구해 주셨습니다."

조이나스가 거대한 머리를 들이밀며 울었다.

'이, 이걸……'

난감한 일이긴 했지만 그렇다고 피할 수도 없었다.

감정에 복받친 사자 머리를 어떻게 떠민단 말인가?

이민준은 가슴팍으로 다가온 커다란 사자 머리를 안아 주며 수인족 족장의 등을 토닥여 주었다.

한차례의 감정 쓰나미가 지상을 스치고 지나간 후였다.

이민준은 조이나스를 조심스럽게 떼어 내며 말했다.

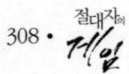

"피난을 간 수인족들을 다시 부르셔야죠. 이동 마법으로 먼 곳에 간 수인족들도 다시 데려와야 하고요."

"아! 맞습니다! 맞아요! 우리 수인족들을 챙겨야지요. 제가 잠시 정신이 없었습니다."

이내 정신을 차린 조이나스가 다시금 족장으로서의 면모를 보였다.

"델번스 장로님! 피난 책임자에게 연락을 취하세요! 서둘러 그들을 데려와야 합니다."

"알겠습니다, 족장님."

"이오이로 장로님, 돈과 주문서를 챙겨서 이동 마법으로 피신한 수인족들을 데려오십시오."

"분부대로 하겠습니다."

"나머지 족장님들은 우리의 보금자리를 정리합시다. 수인족의 새로운 세대가 시작되었습니다!"

"옳으신 말씀입니다!"

"주신의 전사여! 감사합니다!"

"우리를 찾아와 은혜를 베풀어 주신 주신의 사제와 전사여! 그대들에게 할루스의 영광이 있기를!"

장로들이 한마디씩을 하며 지하로 향했다.

그때였다.

투쾅-

"어?"

"아?"

꽤 먼 곳이었다.

상당히 멀리 떨어진 지점에서 굵직한 빛의 기둥이 하늘을 향해 뻗어 올라갔다.

"세상에!"

"저곳은 혹시?"

지상에 있는 모든 이들이 넋을 놓은 채로 빛의 기둥을 바라보았다.

이곳에서도 빛의 기둥이 보일 정도라면 저 빛이 뿜어지고 있는 곳에서는 대단히 큰 규모로 일어난 현상이라는 걸 짐작할 수 있었다.

자각-

카소돈이 다가오며 말했다.

"저곳은 아메 카이드만이 있는 곳입니다."

"네? 아메 카이드만이요?"

이민준은 놀란 눈으로 카소돈을 바라보았다.

그러고 보니…….

문득 섀도우 나이트의 세계에 들어갔을 때가 떠올랐다.

'첫 번째 퀘스트!'

숨겨진 무덤을 찾아서 주신의 성지를 활성화시키는 일이었다.

그렇다는 건 르이벤의 행동이 현실의 아메 카이드만에까

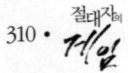

지 영향을 미쳤다는 소린가?

그렇게 생각할 때였다.

띵-

[상처 : 버려진 무덤에 빛의 기둥이 생성되면서 첫 번째 성지가 활성화되었습니다.]

[연계 퀘스트인 '버려진 무덤을 찾아라.'를 해결하셨습니다.]

그래. 그거였다.

섀도우 나이트의 세계를 통해서 아메 카이드만에 숨겨진 성지를 찾았고, 르이벤의 연결된 기억을 통해 첫 번째 성지를 활성화한 거다.

띵-

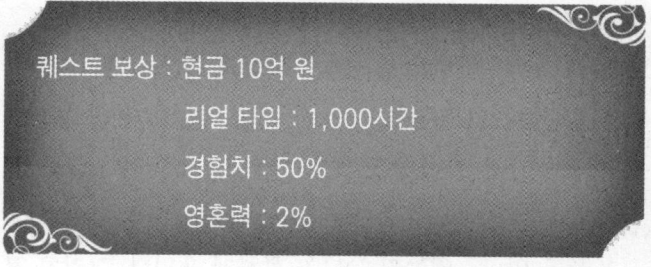

퀘스트 보상 : 현금 10억 원
　　　　　리얼 타임 : 1,000시간
　　　　　경험치 : 50%
　　　　　영혼력 : 2%

성지를 어떻게 찾을까 고민을 했었는데, 이렇게 첫 번째 퀘스트가 시원하게 해결된 거다.

이민준은 속으로 쾌재를 불렀다.

"어떻게 된 겁니까? 아메 카이드만에 무슨 문제라도 생긴 겁니까?"

조이나스가 걱정스러운 얼굴로 물었다. 그러자 카소돈이 인자한 표정으로 대답했다.

"아닙니다. 오히려 그 반대입니다."

"그렇다면 설마?"

"맞습니다. 저 빛의 기둥은 바로 주신의 성전에서 터져 나온 겁니다."

"오오! 이럴 수가! 봉인되신 주신의 힘이 지상으로 나오다니!"

"이런 경사가 또 있겠습니까?"

수인족들은 말 그대로 축제 분위기였다.

자신들의 오랜 염원도 이루어졌는데, 거기에 그들의 종교인 할루스 교의 강력한 모습마저 경험했으니 말이다.

"오빠! 그럼 첫 번째 퀘스트는 어떻게 된 거예요?"

루나가 동그란 눈으로 물었다. 이민준은 대답 대신 손으로 빛의 기둥을 가리켰다.

"와! 와아! 잘됐네요!"

그 뜻을 알아들었는지 루나가 환하게 웃었다. 그리고 그건 다른 일행들도 마찬가지였다.

※ ※ ※

탁-

이민준은 차에서 내렸다. 차를 세운 곳은 서울에 있는 대학 병원 주차장이었다.

찰칵-

바스락-

보조석을 열어 커다란 과일 바구니를 꺼내었다. 그러고는 서둘러 병원으로 들어갔다.

깔끔한 로비를 지나 엘리베이터를 타고는 입원실이 있는 병동에서 내렸다.

'어디 보자.'

이민준은 지혁수에게서 받은 번호를 확인했다.

'여기구나.'

4인실로 된 병실이었다.

안으로 들어갔다.

저걱- 저걱-

다른 환자들은 밖에 나갔는지 환자가 누워 있는 침대는 오직 하나뿐이었다.

"아니? 이 대표님?"

침대에 누워서 스마트폰을 만지작거리던 이호범이 반가운 얼굴로 이민준을 맞이해 주었다.

"몸은 좀 괜찮으세요?"

"흐흐! 이래 봬도 통뼈입니다."

이민준은 이호범의 몸을 확인했다. 팔과 다리에 깁스를 하고, 허리에도 복대 같은 걸 차고 있었다.

"통뼈라고 하기엔 부상이 좀 큰데요?"

"으윽! 통뼈라도 뼈는 뼈 아닙니까? 사고당하면 부러지는 건 당연하죠."

피식-

이민준은 이호범의 너스레에 그만 웃음을 터트리고 말았다. 볼 때마다 느끼는 거지만 참 털털한 사람 같았다.

"이렇게 오셔서 다행입니다. 그렇지 않아도 담배가 피우고 싶어 죽겠는데, 절 데리고 나갈 사람이 있어야지요."

"동생분들은요?"

"제가 심부름을 보냈습니다."

"그렇군요."

"도와주실 거죠?"

"물론입니다."

"흐흐! 휠체어는 이쪽에 있습니다."

이민준은 조심스럽게 이호범을 안아서는 휠체어에 앉혀주었다.

야외에 있는 흡연 구역이었다.

"쓰읍! 후우! 아우! 이제 좀 살겠네."

담배를 정말 맛있게 빨아들인 이호범이 행복한 얼굴로

웃었다.

"좋으신가 봅니다."

"그럼요. 이 녀석 없이 어떻게 살겠습니까?"

이호범이 다시금 담배를 빨아들였다. 그러고는 말했다.

"옥포 일이 어떻게 처리되었나 궁금해서 올라오신 거죠?"

역시나 프로답게 일 머리가 좋은 이호범이었다.

"그렇습니다."

고개를 끄덕인 이민준은 이호범을 정면으로 쳐다봤다. 그러자 이호범이 새로운 담배를 꺼내 물며 말했다.

"크게 걱정은 하지 않으셔도 될 것 같습니다. 경찰 쪽에서도 단서조차 잡지 못하고 있더라고요."

"그렇군요."

"그런데 그 죽은 친구 말입니다. 목소리라고 불렸다는. 진짜 이름이 제임스라고 하더군요. 아마도 미국 교포였던 모양입니다."

이민준은 고개를 끄덕였다. 목소리의 이름은 이미 알고 있었으니까.

이호범이 계속해서 말했다.

"그 친구 미국 시민권도 가지고 있어서 그런지, 미국 FBI에서 한국 경찰청으로 공문도 보내고 그러나 봐요."

그래?

괜스레 일이 커지면 골치가 아파지는 건 이민준이었다.

이민준은 고개를 돌리며 물었다.

"그게 문제가 될까요?"

"그렇지는 않을 겁니다. 저희가 최선을 다해서 흔적을 지우는 중이니까요."

이호범이 다시금 담배를 빨아들였다. 그러다가 정말로 이해가 가지 않는다는 표정으로 이민준을 쳐다보며 물었다.

"근데 제가 정말 놀란 건 CCTV였습니다. 아파트 근처에 말입니다. 사건이 일어난 시간대 전후를 돌려 가며 찾아봐도 이 대표님의 모습은 보이지 않더군요."

"CCTV를 보셨어요?"

"혹시나 이 대표님의 모습이 찍힌 장면이 있을까 봐 근방에 있는 CCTV란 CCTV는 죄다 찾아서 사본을 구해 놨거든요. 제가 병원에서 할 일이 뭐가 있겠습니까? 그거라도 찾아서 도와드리려고 했죠."

"그러셨군요."

잠시 뜸을 들인 이호범이 어색한 표정으로 물었다.

"대체 아파트는 어떻게 들어가신 겁니까? 무슨 순간 이동이라도 하신 겁니까?"

이런 걸 어떻게 대답할까?

피식-

이민준은 그냥 웃고 말았다.

알아서 판단하라는 뜻이었다.

사실 크게 기대를 하고 한 행동은 아니었다. 그런데 그게 먹혔던지 이호범도 웃으며 대답했다.

"그렇죠? 그냥 사각지대 이용해서 후다닥 들어가신 거죠?"

이럴 때가 참 기분 좋은 거다. 상대가 알아서 정답지를 제공해 줄 때 말이다.

"네, 맞습니다. 최대한 CCTV를 피해서 접근했습니다."
"우후! 그렇군요."

이호범은 마치 어린 시절 귀신 이야기를 들으며 기대를 하다가, 사실 귀신이 없다는 소리를 듣고 실망을 한 소년 같은 얼굴을 하고 있었다.

이민준이 무슨 슈퍼 파워라도 가지고 있기를 바랐던 사람처럼 말이다.

"참, 그건 그렇고. 이 대표님 싸움 정말 잘하시나 봅니다."
"예?"

"그 제임스란 친구요. 제가 알아봤는데 보통 청부업자가 아니더군요. 만약 제가 일대일로 붙었다면……. 어휴!"

몸서리를 친 이호범이 다시금 말을 이었다.

"전적이 대단한 친구더군요. 물론 그렇게 시체로 발견되지 않았다면 알아내지도 못했을 정도로 무서운 암살범이기도 하고요."

다시금 말을 멈춘 이호범이 잠시 뜸을 들이는가 싶더니,

이내 고개를 끄덕이며 말했다.

"이 대표님, 혹시라도 나중에 사업이 지겨워지시면 저랑 동업 안 하실래요? 이 대표님이 함께라면 무서울 게 없을 거 같은데요."

"네에?"

이민준은 그만 황당한 표정을 짓고 말았다.

뭔가 대단한 이야기를 할 것처럼 뜸을 들이더니, 결국 한다는 소리가 동업 제안이었다.

"하아! 아무리 생각해도 이 대표님 정도의 실력이라면 이 바닥에서 날고 기는 녀석들도 고개를 숙일 거 같지 뭡니까."

이호범의 표정을 보니 이 사람 지금 진지한 게 맞았다.

이민준은 나오려는 웃음을 꾹 참으며 대답했다.

"뭐, 한번 고려는 해 보겠습니다."

"정말요? 정말이죠? 흐흐! 꼭! 심사숙고해 보세요. 아! 강요하는 건 아닙니다. 지금은 고객님으로도 만족하거든요. 돈을 잘 주시잖아요. 흐흐!"

이 사람 참.

이민준은 그만 크게 웃고 말았다.

천안으로 내려왔을 때는 이미 오후 2시가 지나가고 있었다.

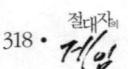

아직은 퇴근하기에 이른 시간이었다.

이민준은 회사로 돌아가 오전에 놓친 업무에 집중했다.

그때였다.

드으으-

휴대 전화기가 울었다.

"이민준입니다."

(이 대표님, 지혁수입니다.)

"네, 지 사장님. 이종준 전무가 어디 있는지 찾으셨나요?"

(후우! 죄송합니다. 마치 중간에 납치라도 당한 것처럼 흔적이 사라지고 말았습니다.)

"납치요?"

(아! 물론 추측으로 드리는 말씀입니다. 그럴 정도로 감쪽같이 사라져 버렸거든요.)

"그렇군요."

(어쨌든 지금까지 제가 조사한 내용을 이메일로 보내 드리겠습니다.)

"수고하셨습니다."

(뭘요. 이종준을 찾지도 못했는데요. 아직 끝난 건 아니니까 계속해서 조사하겠습니다.)

"알겠습니다. 그럼."

이민준은 전화를 끊었다. 티엘과의 회의 때 참석했던 이종준의 얼굴이 떠올랐다.

'대체 어디를 간 거냐? 이종준.'

잠적, 아니면 납치.

두 가지 가능성을 모두 배제할 수는 없었다.

탁- 탁- 탁-

손으로 책상을 두드리며 생각을 정리했다.

아버지의 살인범을 잡기 위해 이종준은 정말 중요한 위치를 차지하고 있었다.

이민준은 아버지의 살인범으로 대번의 회장인 강경억을 지목하고 있었다.

그가 아니고서야 누가 있어 이런 더러운 짓으로 이득을 볼 수 있을까?

'강경억, 그자를 엮을 수 있어야 하는데…….'

하지만 문제라면 이민준이 가진 모든 자료가 오직 이종준의 죄만을 알려 주고 있을 뿐이라는 거다.

'꼬리 자르기인가?'

문득 그런 생각이 들었다.

대번의 회장 정도 되는 사람이라면 자신이 직접 문제가 될 일은 하지 않을 테니까.

그렇다는 건 이종준이 강경억의 하수인이며, 모든 책임을 지는 사람이라는 뜻이기도 했다.

'젠장.'

나쁜 놈을 찾아 열심히 골목길을 달렸는데 결국엔 막다른

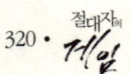

길을 마주한 기분이었다.

꽈득-

이민준은 주먹을 쥐었다.

그렇다고 해서 포기를 할 건 아니니까.

드륵-

자리에서 일어나 창가로 다가갔다.

빠앙- 빵빵-

차들이 다니는 대로 한편으로 환하게 웃는 여자 연예인의 사진이 걸려 있었다.

대번 전자의 휴대 전화기를 광고하는 광고판이었다.

이민준은 광고판을 노려보았다.

'두고 봐라. 무슨 수를 쓰더라도 기필코 찾아내고 만다!'

찾아내서 죗값을 똑똑히 치르게 하리라 굳게 다짐했다.

❈ ❈ ❈

이민준은 난간에 기대어 수인족들의 마을을 지켜보고 있었다.

"해방일을 축하해요!"

"해방일을 축하합니다!"

"즐거운 해방일 보내시고 항상 행복하세요!"

지하 도시로 돌아온 수인족들이 너 나 할 것 없이 해방일을 축하하고 있었다.

 이들이 외치는 해방일은 다름 아닌 악마의 심장으로부터 해방된 오늘을 기념하고자 만든 것이었다.

"모두가 즐거워 보이지요?"

 조심스럽게 다가온 카소돈이 미소 지으며 한 말이었다.

"정말 다행입니다. 이들이 보금자리를 다시 찾을 수 있어서요."

 이건 이민준의 솔직한 심정이었다.

"후후후! 항상 느끼는 거지만 주신께서는 언제나 옳으십니다."

"네? 그게 무슨 말씀이시지요?"

"주신께선 한니발 님을 선택하셨습니다. 그러고는 다른 선택자들과는 달리 정말 큰 시련들을 안겨 주셨죠."

 카소돈이 따스한 눈으로 이민준의 얼굴을 바라보며 말을 이었다.

"보통 사람들이었다면 포기를 하고도 남았을 겁니다. 하지만 한니발 님은 이겨 내셨고, 결국엔 진정한 주신의 전사가 되시어 이렇게나 많은 이들의 목숨을 구하기까지 하셨습니다."

"그런가요?"

 간지러운 말이긴 했지만 그렇다고 싫지도 않았다.

 뭐랄까? 칭찬도 자주 들으니 익숙해지는 기분이랄까?

그러다 문득 이런 의무들이 너무 버거운 건 아닌가 하는 생각이 들었다.

세상을 구하고, 사람들의 목숨을 지켜야 하는 일들 말이다.

이민준도 평범한 사람이다. 행복해지고 싶고, 즐겁게 살아가고 싶을 뿐이었다.

그런데 그런 즐거움도 제대로 못 느끼면서 남들을 위해 살아야 할까?

그게 의미가 있을까?

라고 생각을 할 때였다.

"으샤! 우리 아기 예쁘기도 하지."

"꺄하하! 신 난다!"

고양이 얼굴을 가진 수인족 하나가 아기 수인족을 들어 올리며 환하게 웃고 있었다.

사랑이 듬뿍 담긴 눈을 가진 아버지와 그런 아버지를 바라보는 아이의 얼굴.

삶의 이유가 고스란히 담긴 가족의 모습이었다.

이민준은 저도 모르게 미소를 지었다.

그걸 지켜보는 것만으로도 마음 한구석이 따스해지는 기분이었다.

또한 지금까지의 고생이 전혀 수고스럽지 않게 느껴지기도 했다.

그러다 문득 섬뜩한 기분이 들었다.

악마의 심장을 막아 내지 못했다면 아마도 저들의 행복은 영원히 사라지고 말았을 거다.

'그래. 내가 아니었다면 누구도 막아 내지 못했을 일이었겠지.'

물론 이번 일에서는 킹 섀도우 나이트와 아서베닝의 도움도 상당히 컸다.

이민준은 고개를 끄덕였다.

이런 일행들이 있기에 멸망으로부터 이 세상을 지킬 수 있는 건지도 몰랐다.

'그래. 버거운 일이지만 견뎌 내 보자.'

당연한 이야기지만 그렇다고 해서 이민준에게 아무런 이득이 없는 건 아니었다.

주신의 힘은 대단히 강력한 무기다.

또한 그 덕분에 수월하게 사냥도 하고, 지존 레벨이 되기도 했다.

게임에서 강한 힘을 가지고 있다는 건 결국 돈을 많이 벌 수 있는 수단이 되기도 한다는 거니까.

'그렇지.'

이민준은 고개를 끄덕였다.

현실 속 은행에 입금해 놓은 돈이 어느덧 200억을 훌쩍 넘었으니 말이다.

게임 덕분에, 그리고 주신 덕분에 장애도 치료했고, 부자가 되기도 했다.

그뿐이랴?

현실의 이민준은 상상을 초월하는 육체 능력까지 가지게 되었다.

'생각해 보니 받은 게 많긴 하네.'

이 모든 것이 어쩌면 이곳 세상을 구해 내는 것에 대한 진정한 보상인지도 몰랐다.

그렇게 생각하니 기분이 좋아졌다.

그때였다.

땅-

[상처 : 첫 번째 성지가 완벽하게 가동되었습니다. 그러므로 두 번째 성지 퀘스트가 주어집니다.]

이민준은 고개를 끄덕였다.

총 7개의 성지를 활성화하는 퀘스트다.

그리고 '아메 카이드만'은 그 퀘스트들 중 고작 하나에 불과한 거다.

'다음 퀘스트는 어디냐?'

라고 생각하자,

땅-

[상처 : 레어 퀘스트에 부과된 개별 퀘스트가 생성됩니다.]

상처가 두 번째 퀘스트를 보여 주었다.

'어디 보자.'

두 번째 퀘스트 장소는 다름 아닌 동부 연안에 위치한 '드아빌' 지역이었다.

설명에 따르면 동부 연안의 '드아빌' 지역은 대륙에서 가장 아름다운 지역 중 하나였다고 했다.

물론 마기의 기운에 둘러싸이기 전에 말이다.

'그러니까 여기서 주신의 숨겨진 성지를 찾으라, 이거지?'

첫 번째 퀘스트를 해결하고 나자 어느 정도 퀘스트에 대한 윤곽이 잡혔다.

총 7개의 성지를 '아메 카이드만'처럼 활성화시켜서 거대한 빛의 기둥을 만드는 일이다.

그러다 문득 궁금증이 일었다.

'그 일곱 개의 빛의 기둥이 하는 일이 뭐지?'

대략 알고 있는 내용은 7개의 성지가 활성화되어야 멸망을 막을 수 있다는 거다.

'그게 다 활성화되면 뭔가 작동을 하는 거야?'

이민준은 상처에게 물었다. 하지만 역시나 상처는 대답하지 않았다.

'쳇!'

대답하지 않겠다면야 어쩔 수 없는 거니까.

이민준은 보상부터 확인했다.

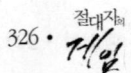

> 퀘스트 보상 : 현금 20억 원
> 리얼 타임 : 2,000시간
> 경험치 : 55%
> 영혼력 : 3%

 지난번보다 돈과 리얼 타임이 두 배로 늘었고, 경험치와 영혼력도 소폭 상승했다.
 뭐, 돈과 리얼 타임이야 많으면 많을수록 좋은 거니까.
 이번엔 시선을 돌려 퀘스트의 맨 아래쪽을 확인했다. 지난번처럼 유의 사항이 있는지를 확인하기 위해서였다.
 '어라?'
 이민준은 자신이 유의 사항을 잘못 본 건가 싶어 다시 한 번 확인했다.

> 퀘스트 시 유의 사항 : 유저의 소환수인 '크마시온'이 항상 소환된 상태에서 진행되어야 할 퀘스트입니다.

 '이번엔 크마시온이라고?'
 전혀 예상하지 못했던 일이었다.
 '대체 뭐야?'
 고개를 흔들었다. 이해가 되지 않았기 때문이다.

두 번째 퀘스트 • 327

이럴 땐 직접 가서 물어보는 게 최고의 방법이다.
이민준은 서둘러 일행들이 모인 방으로 향했다.

"야! 크마시온! 너 뭐 숨기는 거 있지?"
"예에? 제가요?"
이민준의 물음에 크마시온이 깜짝 놀라며 대답했다.
"그래. 너도 혹시 섀나처럼 무슨 숨겨진 귀족이라든가, 아니면 주신과 관련이 있는 거 아니야?"
"저, 저는 정말 그런 거 없는데요. 물론 신분이 낮지는 않았습니다. 하지만 그렇다고 킹섀나처럼 막 왕 같은 건 아니고요."
그럼 대체 뭐란 말인가? 무엇 때문에 이번 퀘스트가 크마시온을 끌어들인 걸까?
그렇게 생각할 때였다.
"혹시 말입니다."
이민준의 말을 듣고 뭔가를 곰곰이 생각하던 카소돈이 꺼낸 말이었다.
모두의 시선이 카소돈을 향했다.

13권에 계속

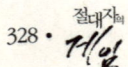

www.mayabook.co.kr

www.mayabook.co.kr